LA LIBERTAD QUE
NO RECORDABA

ExLibric

JESSICA SANTOS

LA LIBERTAD QUE
NO RECORDABA

EXLIBRIC
ANTEQUERA 2025

LA LIBERTAD QUE NO RECORDABA
© Jessica Santos
Diseño de portada: Dpto. de Diseño Gráfico Exlibric

Iª edición

© ExLibric, 2025.

Editado por: ExLibric
c/ Cueva de Viera, 2, Local 3
Centro Negocios CADI
29200 Antequera (Málaga)
Teléfono: 952 70 60 04
Fax: 952 84 55 03
Correo electrónico: exlibric@exlibric.com
Internet: www.exlibric.com

ISBN: 979-13-87944-23-0
Depósito Legal: MA 1213-2025

Impresión: PODiPrint
Impreso en Andalucía – España

Nota de la editorial: ExLibric pertenece a Innovación y Cualificación S. L.

JESSICA SANTOS

LA LIBERTAD QUE
NO RECORDABA

*Dedicado a aquellas personas que
se encuentran en situaciones que nadie
desearía vivir y se ven obligadas a luchar
con un pasado para construir un futuro.*

Prólogo

Recuerdo el día en que Gael me pidió matrimonio; fue tan bonito y emotivo como cursi. Gael y yo nos conocimos cuando comenzó a trabajar en el despacho de abogados de mi madre. En ese momento, yo estaba cursando la especialidad de Derecho penal y él empezaba su andadura en la abogacía. Llamó mi atención desde que lo conocí, puede que por su labia, su amabilidad o su forma de mirarme… No sé en qué momento exacto se inició nuestra relación, pero sucedió y fue lo mejor que me pasó en aquel preciso momento. Gael consiguió que me sintiera querida, acompañada, protegida… o eso pensaba.

Me introduje en el mundo laboral por la insistencia de mi amigo Sergio, un médico forense muy respetado para lo joven que era. Se encontró con un caso peculiar y pensó que yo sería la persona adecuada para defender a quien intentaban culpar. Después de investigar juntos el caso en profundidad y llegar a la conclusión de que el supuesto culpable era un claro inocente, acepté defenderlo, poniendo toda mi voluntad en ello. Tras finalizar el juicio, mi cliente fue absuelto y con esa resolución comenzaron a llegarme casos en los que solicitaban mi defensa, pero Gael pensaba que no era adecuado para mí centrarme tanto en el trabajo, a pesar de que yo sintiera que era lo que necesitaba. Por ese motivo, Gael decidió aceptar un puesto como abogado en una importante empresa de Múnich y, después de casarnos, nos mudamos a la fría Alemania; al menos a mí me parecía fría. Mi idea era buscar trabajo como abogada, pero Gael me pidió que esperásemos un tiempo para así conocer la zona en la que vivíamos y saber dónde sería conveniente buscar trabajo por si tuviéramos que cambiar de residencia.

Gael era un chico cariñoso, amable y educado. Era el tipo de persona que cualquiera podría desear como pareja, pero después de un tiempo en Múnich cambió su forma de ser y se convirtió en alguien distante, frío, apático… Aunque siempre se excusaba asegurando que eran suposiciones mías que nada tenían que ver con la realidad.

Al cabo de unos meses, él seguía insistiendo en que estaba más tranquilo sabiendo que yo me encontraba en casa y con el pretexto de que él ganaba más que suficiente para que viviéramos muy bien, terminó por convencerme e hice lo que él deseaba; con todo lo que había hecho por mí, no lo iba a contradecir…

Tomé la decisión de estudiar alemán, pero omití compartir esa información con Gael, ya que estaba segura de que no le parecería buena idea.

Me comunicaba con mis amigos cuando estaba sola, ya que a Gael no le gustaba. Comenzó a revisar la factura del teléfono con la excusa de comprobar que estuviese todo correcto, pero yo sabía que era para controlar a quién llamaba, por lo que cada vez hablaba menos con mis amigos y sentía que solo lo tenía a él.

Tras algo más de dos años en Múnich, en los que dejé de estar presente en los planes de mi marido y apenas salía de aquella jaula a la que llamaba «hogar», Gael invitó a su jefe, Hans Weber, y a la mujer de este, Constanz Weber, a cenar en casa. Durante la visita del matrimonio, me percaté de que en las miradas entre Constanz y mi marido había demasiada complicidad, por lo que sospeché que se conocían más de lo que él me había dicho.

Esa misma noche, mientras me preparaba para ir a la cama, Gael hablaba por teléfono con total tranquilidad en un perfecto alemán; lo que él ignoraba es que, gracias a mis clases *online*, yo entendía perfectamente todo lo que decía. Esa conversación telefónica confirmó mis sospechas. Pensé con calma y me puse en contacto con un antiguo compañero de derecho, el cual sabía cómo clonar teléfonos móviles. Después de repetirme hasta la saciedad que era algo ilegal, me explicó paso a paso lo que debía hacer. Gael siempre llevaba su teléfono móvil encima, así que aproveché mientras dormía para llevar a cabo la operación.

Jamás pensé que escucharía esas conversaciones, pero, gracias a eso, abrí los ojos y desperté para volver a ser la misma que era antes de aferrarme a Gael como mi salvavidas.

1

Subía las escaleras del juzgado mientras pensaba en qué momento me dejé enredar por mi amiga para representarla en el juicio de divorcio.

—Daniela, prométeme que vamos a ganar el juicio —exigió mi amiga Úrsula cuando me aproximaba a ella.

—No te voy a prometer nada, ni siquiera debería estar aquí —protesté, negando con la cabeza.

—¿Por qué dices eso? —preguntó, comprobando que el conjunto de dos piezas en color turquesa que vestía, con el que atraía las miradas de todas las personas que pasaban por su lado, estuviese colocado correctamente.

—Quizá porque sigues colada por Nando; como se te ocurra volver con él después de montar todo esto, será mejor que corras… —amenacé a mi amiga al mismo tiempo que silenciaba mi móvil.

—¡Daniela, sabes que no se me da bien correr! —exclamó entre risas, pero su expresión cambió por completo y soltó un grito ahogado—. ¡Ay!

—Úrsula, ¿qué te pasa?

—Nando viene por ahí con su abogado —expuso nerviosa.

—¿Ese es su abogado? —Miré al hombre que acompañaba al todavía marido de mi amiga.

—Sí, ¿lo conoces?

—No —respondí, sin apartar la mirada del susodicho.

—Es su amigo.

—Es decir, que lo ha enredado…, igual que tú has hecho conmigo —añadí.

—¿Para qué quieres un amigo abogado, si no?

—Anda, entra…

Una vez dentro de los juzgados, se nos acercaron Nando y su abogado; el primero me saludó de forma cariñosa y cuando me iba a presentar a su acompañante, este, con una amplia sonrisa, dijo:

—Dani, cuánto tiempo sin verte.

Escuchar el diminutivo de mi nombre después de tanto tiempo, viniendo de alguien que no fuera Sergio, me hizo estremecer. Tanto Nando como Úrsula nos miraron expectantes; observé atentamente a aquel hombre haciendo el esfuerzo de recordarlo, pero mi memoria no dio resultados.

—Disculpa, ¿de qué nos conocemos? —le pregunté.

—¿No te acuerdas de mí? —Pude ver algo de decepción en su expresión.

—No, lo siento, me da muchísimo apuro… —me disculpé, observándole con interés.

—No te preocupes, ¿cómo estás? —Le quitó importancia, mostrándome una agradable sonrisa.

—Pero…, ¿de qué nos conocemos? —insistí, impaciente por saber de quién se trataba.

—Ya te lo diré en otro momento… —zanjó, sonriente.

—¿Cuál es tu nombre? —insistí.

—Alejandro Salgado. —Extendió su mano derecha para estrecharla con la mía—. Por cierto, a mi cliente le gustaría hablar unos minutos a solas con tu cliente, ¿crees que es posible?

Miré a Úrsula y ella asintió, apretando los labios con el propósito de esconder una sonrisa.

—Sí, claro. Aprovecharé para hacer una llamada.

Tras unos minutos, Nando y Úrsula nos comunicaron que habían llegado a un acuerdo y no deseaban ir a juicio.

—¿Eso no lo podríais haber pensado antes? —me quejé, clavando la vista en mi amiga.

—No es tan fácil, Daniela; había que acordar cómo repartir los bienes, la empresa, las acciones…

—Pues para no ser tan fácil, lo habéis resuelto en pocos minutos —espeté.

—Venga, no protestes más, vamos a tomar algo para celebrar que lo hemos resuelto como adultos —sugirió mi amiga.

Acepté a regañadientes, y me pasé todo el tiempo dándole vueltas al nombre de «Alejandro Salgado». ¿De qué nos conocíamos? Cuanto más lo observaba, más familiar me resultaba, pero no sabía de qué…

—Alejandro, ¿hemos coincidido en algún juicio?

—No —respondió, divertido por mi interés.

—¿No me vas a decir de qué nos conocemos?

—Aún no. —Su sonrisa se amplió al mismo tiempo que su mirada se tornaba divertida.

Presté atención a todo lo que decía por si hubiera alguna pista que me llevara a dónde nos conocimos, pero no conseguí nada… Bueno, conseguí darme cuenta de que era divertido, simpático, inteligente y en varias ocasiones me hizo reír.

Después de aquel día, nos vimos en otras ocasiones, siempre acompañados por Úrsula y Nando. Me carcomía la incertidumbre de no recordar de qué conocía a Alejandro, pero algo en mí me decía que era más que un conocido.

2

Llevándome la taza de café a la boca, recibí una llamada de Sergio:

—¡Hola, Sergio! ¿Cómo estás?

—¡Buenas tardes! ¿Finalmente habéis ido a la cafetería que te dije?

—Sí —afirmé.

—¿Te importa pedirle mis llaves al camarero?

—¿Tus llaves? —pregunté, confusa.

—Sí, las llaves del piso; me las he dejado allí. He hablado hace un par de horas con él, se llama Eloy; le dije que probablemente las recogiese otra persona en mi lugar.

—¡Estás empanado! Vaya despiste tienes... —exclamé, riendo.

—Lo sé... Luego paso por tu casa para recogerlas, ahora estoy en el trabajo.

—De acuerdo.

Terminé la llamada y, acto seguido, me disculpé con Úrsula, Nando y Alejandro antes de acercarme a la barra. Me coloqué frente al camarero y le dije:

—Buenas tardes, disculpa que te moleste, ¿te llamas Eloy?

—Sí, pero también puedes llamarme «esta noche» —afirmó con tono seductor.

—¿Eso es una técnica para ligar? —La incredulidad me sobrepasaba.

—¿Qué pasa? ¿No ha funcionado? —se extrañó.

—¿Te ha funcionado alguna vez? —pregunté divertida.

—Muchas —aseguró vanidoso.

—Eso me preocupa… —aseguré haciendo una mueca antes de cambiar de tema—. Mi amigo se dejó esta mañana las llaves aquí, me ha dicho que ha hablado contigo.

—Ah, sí, Sergio.

—Así es, me ha pedido que se las lleve.

—¿Y yo qué me llevo?

—Las gracias por guardar las llaves de mi amigo y dármelas a mí.

—Está bien, no te veo receptiva…

—Estás en lo cierto, debes tener el radar bien regulado —afirmé con humor mientras me dio las llaves de Sergio—. Gracias, Eloy, has sido muy amable.

—No hay de qué, espero verte en otra ocasión que te encuentres más receptiva.

—En caso de que sea así, te llamaría «esta noche» —dejé escapar una carcajada, mientras el camarero negaba con la cabeza riendo.

—¿Ligando con el camarero? —preguntó Alejandro curioso.

—No, para nada. Hoy me he propuesto ligar contigo, ¿crees que lo conseguiré? —bromeé, pero Alejandro se quedó inmóvil sin saber qué responder.

—Está de coña, relájate, te ha tomado el pelo… —aclaró mi amiga.

—Ya, ya lo sabía —titubeó Alejandro, colocándose bien en su asiento.

Más tarde me encontraba cenando en mi piso con Sergio y este se interesó por aquel hombre del que ya le había hablado:

—¿Sabes ya de qué conoces al abogado de Nando?

—No, no consigo recordarlo, me es muy familiar… Especialmente sus gestos, su voz y su sonrisa…

—¿Cómo dijiste que se llama?

—Alejandro.

—¿Cómo es?

—Alto, delgado, guapo, ojos azules, pelo oscuro…

—¡Hostia! Sé quién es —aseguró haciendo que mi corazón se acelerase—. Pero no te emociones, porque no te lo voy a decir.

—¿En serio?

—Totalmente. Por cierto, lo has descrito como «guapo». ¿Ese tipo te gusta?

—No está nada mal…

—¿Es posible que te estés planteando tener algo con él?

—No.

—¿Por qué?

—Porque no me planteo volver a tener una relación —repuse.

—Dani, tiempo al tiempo —repuso mi amigo antes de morder su fajita de pollo.

3

Nando hablaba de algo que le ocurrió junto a Úrsula en su viaje de novios, lo hacía con un tono de voz más elevado de lo normal puesto que nos encontrábamos en una cervecería repleta de gente, pero yo no le estaba prestando la más mínima atención. Mi mente estaba analizando una anécdota que Alejandro había contado minutos antes, pensé que quizá se me había escapado algún detalle importante, puede que hubiera dicho algo que me ayudase a saber dónde nos conocimos, no paraba de darle vueltas hasta que me percaté de que su mirada estaba puesta en mí, provocando que abandonase mis pensamientos.

—Dani, ¿vas a pasar la Nochevieja con tu familia? —preguntó Alejandro de manera inocente, pero con esa pregunta cayó el mundo sobre mí sin esperarlo.

—Eh…, no —titubeé al responder—. Disculpad, tengo que hacer una llamada, voy a salir un momento —me justifiqué, y salí de allí lo más rápido que pude sintiendo como un calor agobiante se apoderaba de mí con cada paso que avanzaba.

En la calle hacía frío, pero no lo sentía. Mi cuerpo estaba tan tenso que no reaccionaba al cambio de temperatura. Segundos después, Úrsula estaba a mi lado dándome un abrazo, y allí permanecimos un tiempo en el que mi amiga puso todo su empeño en animarme. Contrariando la opinión de aquella decidí que era el momento de irme a casa. No quería que Alejandro me viera en ese estado de nervios y tensión, así que le pedí a mi amiga que me disculpase con los chicos y me marché de allí.

Al llegar a mi piso, me lancé sobre el sofá, quería llorar, pero no podía… Se escuchó la melodía de mi teléfono móvil, pensé que sería Úrsula y ni siquiera lo miré. Me quedé dormida entre sollozos y desperté al amanecer cuando los rayos de luz se colaron por los ventanales del salón. Aturdida busqué el móvil para ver la hora y comprobé que la llamada perdida que tenía era de Alejandro, no de mi amiga como pensé… Al ver el nombre de aquel en la pantalla de mi teléfono sentí algo en mi interior que no sabía definir. Nunca había experimentado aquella sensación. ¿Qué me estaba pasando con ese chico?

4

Alejandro

Era evidente que la pregunta había incomodado a Dani. Yo solo quería saber si en Nochevieja tenía planes con el objetivo de proponerle pasarla juntos, pero…, ¿qué dije que le sentó tan mal? Úrsula salió tras ella y yo no supe qué hacer, me quedé en silencio y pensativo con la vista puesta en la puerta por la que Dani había salido.

—¿Es que no sabes lo de su familia? —Nando interrumpió mis pensamientos dejándome intrigado.

—¿El qué? —pregunté demostrando que no sabía a lo que se refería.

—¿Recuerdas que hace unos años un avión que volaba de Barcelona a Düsseldorf se estrelló en los Alpes franceses?

—Sí, claro que lo recuerdo. Fue una tragedia, se dijo que el copiloto lo provocó intencionadamente. Todas las personas que iban a bordo de aquel avión murieron… —recordé con pesar—. Precisamente vi la noticia en la cafetería en la que había quedado con Daniela mientras la esperaba.

—Su madre y su hermano iban en ese avión —expuso Nando.

—¿Qué? No. ¡Joder! No sabía nada… Qué metedura de pata… Tengo que hablar con ella y disculparme. —Me dirigí de inmediato a la puerta y me tropecé con Úrsula.

—¿Dónde vas tan rápido? —preguntó.

—Necesito hablar con Daniela —repuse inquieto.

—Se ha ido a casa, estaba cansada y me ha pedido que la despidiera de vosotros.

—Voy a llamarla —indiqué sacando el móvil del bolsillo.

—Está bien.

Busqué su contacto en la agenda y pulsé la tecla de llamada, un tono, dos tonos, tres…, hasta que finalizó la llamada. No contestó. No quería hablar conmigo.

—Úrsula, por favor, dime dónde vive.

—Alejandro, no son horas de que vayas a su casa —farfulló con firmeza.

—Iré mañana, pero necesito hablar con ella.

—De acuerdo.

Úrsula me dio la dirección de Dani y decidí que era el momento de marcharme a casa.

Me pasé la noche pensando en aquella tarde en la que habíamos quedado para vernos en la cafetería, no me dio plantón como llevaba siete años creyendo.

Me atormentaba pensar que en el peor momento de la vida de Dani yo no estuve con ella. En lugar de eso, me encontraba sentado frente a un refresco mientras veía la noticia que destrozaría su vida en el televisor de aquella cafetería, pensando que había pasado de mí.

Me levanté temprano, salí a correr y tras darme una ducha y tomar un café me fui directo a la dirección que me proporcionó Úrsula pensando en cómo disculparme con Dani.

5

Desde que desperté me encontraba delante del ordenador preparando un caso, hasta que me desconcentró el sonido del timbre. Miré hacia la puerta pensando en quién podría ser. Después de unos segundos me levanté y caminé hasta allí para salir de dudas, tras abrir la puerta y encontrar a Alejandro frente a mí tan apuesto, oliendo de maravilla y portando su mejor sonrisa, me sentí la mujer más insignificante del mundo… Yo estaba descalza, vestía pantalón deportivo corto y camiseta larga y ancha, en cuanto al pelo…, mejor no os digo cómo llevaba el pelo.

—¡Alejandro! —exclamé sorprendida—. ¿Qué haces aquí?

—Buenos días, Dani. Necesito hablar contigo.

—¿Cómo has sabido dónde vivo?

—Le pedí tu dirección a Úrsula, espero que no te moleste —musitó con gesto preocupado.

—No, por supuesto que no. Pasa, por favor. ¿Te apetece un café?

—No, no te preocupes. —Negó con la cabeza al mismo tiempo que una tímida sonrisa se dibujó en sus labios—. Has tardado mucho en abrir, ¿estabas ocupada?

—Estoy estudiando un caso, pero en realidad he tardado porque estaba pensando si abrir o no… —argumenté.

—Ah, vale —aceptó con gesto sorprendido—. Pensé que quizá habías ido a nadar.

—Uf, hace años que no nado —confesé con tristeza.

—¿Y eso?

—Dejé de hacer muchas de las cosas que hacía —contesté evitando dar explicaciones—, pero entonces tú y yo nos conocemos de hace mucho tiempo… —repliqué.

—Sí —afirmó mirando a su alrededor—. Bonito piso, no tienes ni una sola foto… ¿Te has mudado hace poco?

—Hace dos meses, poco antes de conocerte…

—Te aseguro que hace dos meses no me conociste —me corrigió divertido.

—¿Y cuándo tienes pensado decirme de qué nos conocemos? —indagué.

—Llegado el momento lo sabrás, no seas impaciente —concluyó pasando su dedo pulgar por mi barbilla, regalándome una dulce caricia que llegó a estremecerme.

—Siéntate, ¿de qué quieres que hablemos? —acerté a preguntar.

—Quiero pedirte disculpas por lo que dije anoche, no lo sabía… —explicó al mismo tiempo que tomaba asiento en el sofá.

—¿Quién te lo dijo? —volví a preguntar acomodándome a su lado.

—Nando me lo contó. Lo siento mucho —se disculpó avergonzado.

—Gracias, no tienes de qué preocuparte. Es que… la pregunta fue inesperada y me vino un poco grande.

—Me lo imagino. ¿Tu padre qué tal está? —preguntó, mostrando tristeza en su expresión.

—¿Mi padre? —me erguí sorprendida.

—Sí, supongo que también estará siendo muy duro para él.

—¿Conociste a mi familia? —volví a preguntar, conmovida. Alejandro asintió, provocando que mi curiosidad se incrementase aún más—. ¿Qué te contó Nando?

—Dani, no quiero hacerte pasar por eso.

—Tranquilo, dime qué fue lo que te contó —insistí.

—Que tu madre y tu hermano iban en el avión que…, bueno, ya sabes.

—¿Nada más?

—Así es, nada más. Me tienes intrigado, ¿qué se supone que debía decirme?

Para mí era muy duro verbalizar lo que estaba a punto de decir, pero gracias a la ayuda profesional que recibía, estaba segura de poder hacerlo y quise contarlo para demostrarme a mí misma que avanzaba en mi sanación emocional.

—El mejor amigo de mi padre era policía; en cuanto tuvo conocimiento de la noticia, supo que se trataba del vuelo que habían tomado mi madre y mi hermano, por lo que se fue directo a la clínica de mi padre para ser él quien le informase de lo sucedido. —Hice una leve pausa para respirar hondo y secar las lágrimas que aparecían tímidamente—. Según me dijo, lo primero que mi padre pensó es que no quería que yo me enterase por las noticias de la televisión o de la radio. Así que, sin escuchar a su amigo, subió al coche para dirigirse a la universidad con el objetivo de que lo supiera por él, pero —inevitablemente se me rompe la voz por un nudo que se forma en mi garganta al revivir aquel episodio de mi vida— excedió la velocidad permitida muy por encima, perdió el control del coche y… Cuando llegaron los servicios de emergencia no pudieron hacer nada por salvarle la vida.

Alejandro se desmoronó ante mí, me abrazó con fuerza y percibí que realmente lamentaba lo sucedido.

—Lo siento muchísimo, Dani. Y siento no haber estado contigo en esos momentos tan duros para ti… ¡Joder! Y yo pensando que pasabas de mí o que intuías el motivo por el que quise quedar aquella tarde contigo y por eso no acudiste a la cita… Si te hubiera preguntado… Si no lo hubiera dado por hecho… —lamentó realmente afectado.

—¿Cómo? ¿Tú y yo habíamos quedado? —pregunté, movida por la curiosidad.

—Sí, en la cafetería que había cerca de la piscina.

En ese momento supe quién era el chico que tenía frente a mí.

—¿Álex?

—¡Cuánto tiempo sin escucharlo de tus labios! —exclamó con regocijo.

—¿Cómo no te he reconocido?

—He cambiado bastante… Me corté el pelo, además dejé de entrenar tantas horas y perdí mucho volumen.

—Y ya no usas gafas… —repliqué—. ¿Por qué no me has dicho que eras tú?

—Quería darte tiempo…

—Pero tu apellido es «Guerrero», no «Salgado», me mentiste —acusé.

—A ver… Sí y no. Quizá no lo recuerdes, mi nombre es Alejandro Guerrero Salgado, pero en el ámbito laboral suelen dirigirse a mí por mi apellido. «Señor Guerrero» me parecía un poco… arrogante y decidí que el nombre del despacho sería «Salgado Abogados», por lo que me suelen llamar «Salgado» —explicó, justificándose.

—Jugaste con eso; si me hubieras dicho tu primer apellido, te habría reconocido —admití, sonriente—. Entonces…, sí habíamos quedado. Durante un tiempo tuve un sueño recurrente.

Soñaba que había quedado contigo y no acudía, despertaba buscando el móvil para avisarte y entonces me quedaba pensando en si era real o solo se trataba de un sueño.

—Pues deberías de haberme llamado —indicó, mordiéndose el labio.

—Me alegra mucho verte, Álex —indiqué con total sinceridad.

—A mí me alegra que te alegre —añadió él, con expresión divertida.

—¿Puedo darte un abrazo? —pregunté.

Él no respondió, se acercó a mí y me abrazó; sentí cómo me deshacía entre sus brazos. Llevaba demasiado tiempo sin recibir un abrazo como ese. No solía tener contacto físico con la gente de mi entorno y aquello logró estremecerme. Olía tan bien que no hubiera tenido problema en quedarme así durante un tiempo, pero hubiera sido raro. Me aparté, mostrándole una sonrisa, y dije:

—Ahora comprendo por qué siempre me llamas por el diminutivo de mi nombre.

—Siempre te llamaba «Dani», ahora no te iba a llamar «Daniela» —carcajeó.

—A ti te ha debido de sonar extraño que te llame «Alejandro», ¿cierto?

—¡Totalmente! Era como si no fueras tú… —Me miró con detenimiento unos instantes y una leve sonrisa se dejó ver en su rostro—. Dime, ¿cómo estás?

—Bien —musité.

—Venga ya, hace unos seis años que no nos habíamos visto, pero nos conocemos, Dani. No debe ser fácil.

—No, fácil no es… Voy por días —acepté con sinceridad.

—Ahora entiendo la actitud que tenías después de los días que te ausentaste de la universidad... En aquel momento pensé que me evitabas. ¿Qué me pensaría para creerme el centro del mundo? ¡Eh! ¡Qué engreído! —dejó escapar una leve risa.

—¿Por qué te iba a evitar?

—No sé... al no acudir a la cita, supuse que no querías saber nada de mí.

—Quizá no tuve la mejor actitud; no me apetecía hablar con nadie —recordé, cabizbaja—. Terminé la especialidad por mis padres; de lo contrario, lo hubiera dejado todo y me habría encerrado en casa.

—Supongo que tendrías ayuda profesional, ¿no?

—Tuve la intención de ir a un psicólogo, pero la persona que pensé que era mi mayor apoyo en aquel duro momento me recomendó que no lo hiciera...

—¿Por qué? —preguntó, extrañado.

—Su explicación fue que sería mucho más fácil para mí que me desahogara con él, con quien tenía confianza, y no con un completo desconocido. Y la muy imbécil de mí le hizo caso... Desde que volví a España sí estoy viendo a un psicólogo y me viene genial.

—¿Ese apoyo era un familiar?

—No, mis padres no tenían hermanos, por lo que no tengo familiares. Esa persona era un empleado de mi madre que se volcó conmigo a raíz de lo sucedido a mi familia. No me dejaba sola, hacía lo posible por animarme, aparecía en casa con la cena porque sabía que me iba a la cama sin nada en el estómago... Y yo me agarré a él como si se tratase de mi salvavidas. Llegué a pensar que estaba enamorada hasta tal punto que me casé con él y nos mudamos a Múnich. Hasta que por fin me di cuenta de que era una dependiente emocional dentro de una relación de mierda.

—¿Por eso te divorciaste? —quiso saber.

—Por eso y alguna cosa más…

—Bueno, pues me alegro.

—¿Te alegras de que fuera una dependiente emocional? —pregunté, perpleja.

—Me alegro de tu divorcio —aclaró de inmediato—. Porque de ese modo has vuelto a España, estás viendo a un psicólogo, el cual te está ayudando mucho y… tú y yo nos hemos vuelto a ver y estamos aquí charlando como buenos amigos.

—¿Y qué ha sido de tu vida? —me interesé.

—Pues, como ya sabes, ejerzo la abogacía, aunque normalmente lo hago en el ámbito penal, al igual que tú, pero siempre hay excepciones… —apuntó en referencia al divorcio de nuestros amigos—. En cuanto a lo demás, me casé bastante joven e ilusionado, pero mi matrimonio fue muy breve; después tuve otra relación que tampoco salió bien y digamos que perdí la fe respecto al amor.

—Por cierto, recuerdo que le pediste una cita a Olivia, ¿salisteis juntos? —indagué, deseosa de saber—. ¿Es ella la chica con la que te casaste?

—¡Ah! ¿De eso sí te acuerdas? ¡Qué fuerte! —Dejó escapar una sonora carcajada—. No, ni siquiera hubo cita; hablé con ella antes de terminar las clases y le pedí disculpas por tener que anular el plan.

—¿Entonces por qué le pediste una cita?

—Para ver cómo reaccionabas y ni siquiera pestañeaste… —declaró con naturalidad.

—¿Para ver cómo reaccionaba yo? ¿Por qué?

—Porque me gustabas... —confesó, sonrojándose.

—¿En serio?

—Sí, totalmente en serio; ahora búrlate de mí cuanto quieras...

—Tú también me gustabas —declaré, evitando su mirada.

—¡No me digas eso! —exclamó, dejándose caer hacia atrás en el sofá.

—Bueno, puedo no decírtelo, pero me gustabas —repetí.

—Acabas de romperme el corazón... —dijo, llevándose la mano derecha al pecho.

Ambos reímos, mirándonos con ternura, y continuamos charlando por un largo tiempo hasta que mi estómago rugió y, mirando la hora, pregunté:

—¿Te apetece quedarte a comer?

—No quiero robarte más tiempo; estabas liada con un caso y... te he hecho perder toda la mañana.

—Estaba con un caso porque no tenía otra cosa que hacer. Desde que volví, lo único que hago es trabajar, a excepción del tiempo que paso con Sergio o con Úrsula. Me ha gustado mucho pasar la mañana contigo, y obviamente tendrás planes, por lo que no te pondré en un aprieto insistiendo en que te quedes.

—Yo no tengo planes; el único plan que tenía hoy era verte y disculparme contigo. Si el caso en el que estás no es urgente, sería un placer poder comer juntos.

Sonreí satisfecha por su respuesta. Aquella tarde la pasamos juntos, no recordaba desde cuándo no estaba tan a gusto con alguien. Estar al lado de Álex me provocaba sonreír y eso me hacía bien.

6

ALEJANDRO

Llamé a la puerta del piso de Dani, no hubo necesidad de llamar al portero automático puesto que la puerta de entrada al edificio se encontraba abierta.

Esperé ansioso durante unos segundos que me parecieron minutos. Al fin se escuchó abrir la cerradura y allí estaba ella, la chica más sexi, dulce e inteligente que había conocido nunca. Estaba frente a mí descalza, con un moño despeinado que la hacía parecer más juvenil aún y vestía una camiseta ancha y larga que dejaba al descubierto sus piernas moldeadas y tonificadas que admiré desde la primera vez que la vi salir de la piscina al finalizar uno de sus entrenamientos.

Dani se sorprendió al verme, tras invitarme a pasar, me disculpé con ella, mantuvimos una conversación en la que me habló de lo sucedido a su familia y, gracias a la misma, ató cabos y recordó quién fui en su pasado.

Todo el mundo me llama Alejandro, a excepción de Dani, que en la universidad me llamaba Álex, es la única persona que me ha llamado así. Reconozco que cuando escuché el diminutivo de mi nombre pronunciado por sus labios, mi cuerpo reaccionó con nerviosismo.

Me dolió sinceramente el fallecimiento de sus padres y su hermano, un dolor incrementado por las circunstancias en las que acaeció. Perder a su madre y su hermano de aquella forma, acto seguido, su padre… Lo que se podría definir como una maniobra macabra del destino. Y yo sin saber nada, sin poder apoyarla en el momento más duro de su vida… Me sentía mal, muy mal.

Aquella mañana descubrí que, en nuestra época universitaria, yo también le gustaba a ella. Me fustigué mentalmente pensando en cómo sería nuestra vida en caso de que, en lugar de apartarme de ella por pensar que me había dado plantón, porque quizá imaginó lo que iba a suceder aquella tarde, me hubiera acercado a ella para saber qué sucedió que le impidiera presentarse a nuestra cita…

Fue otro quien la apoyó, quien estuvo a su lado en esos momentos dolorosos y terribles para Dani, un chico que, como lo definió ella misma, se convirtió en su salvavidas y, por ende, en su marido.

Comimos juntos y pasé la tarde a su lado, su compañía me encantaba. Sus ojos reflejaban la tristeza que sus labios callaban e intentaban ocultar tras esa sonrisa encantadora.

7

Álex apareció una mañana por mi despacho, caminaba observando todo a su paso. Finalmente tomó asiento frente a mi mesa mientras le servía un café y preguntó:

—¿Qué pasó con el despacho de tu madre? Tengo entendido que sigue activo.

—Sí, así es —afirmé.

—¿Allí no estás cómoda?

—No, para nada.

—¿Quién lo lleva?

—Su persona de confianza.

—¿Cómo que estás sola?

—¿A qué te refieres?

—No te has unido con nadie para abrir el despacho, ni siquiera tienes a alguien que atienda las llamadas… —explicó.

—Me gusta la soledad, me acostumbré a ella y la necesito.

—La soledad impuesta se volvió soledad escogida —supuso de manera acertada.

—Así es.

—¿Prefieres que me vaya?

—Para nada, he de reconocer que tu compañía me agrada.

—Dani, si en algún momento estoy contigo y te apetece estar sola, simplemente tienes que decirlo. Con total confianza, ¿de acuerdo?

—De acuerdo —sonreí.

—Genial. Bueno, estoy aquí porque quería decirte que me gustaría que vinieras a cenar en Nochevieja a mi casa, estarán mis padres y mi hermano.

—Tenías una hermana mayor y un hermano menor, ¿o me equivoco?

—No te equivocas, mi hermana vive en Ibiza, es enfermera y por sus turnos no puede venir, pero te agradecería que no esquives mis preguntas.

—No tienes que recogerme en Nochevieja porque esté sola y te dé pena. ¡No soporto dar pena! —bramé malhumorada.

—Primero: no te recojo, eres mi amiga. Quizá tengas muy mala memoria, pero hace años mis padres viajaron a París con mis tíos, por el mal tiempo no podían volar de regreso y se quedaron en Nochebuena en el aeropuerto. Esa noche mis hermanos y yo cenamos en tu casa contigo, con tus padres y tu hermano, y no sentí que me recogieras, dado que éramos amigos. Segundo: no siento pena por ti, siento admiración. Y tercero: ¿Desde cuándo eres tan borde?

—Lo siento. Perdóname —me disculpé avergonzada.

—No te preocupes, pero no tienes que sentirte atacada en todo momento, ¿vale? ¡Soy yo! —exclamó, regalándome una bonita sonrisa.

—Tienes razón. Te invito a comer.

—No, te invito yo y no acepto discusiones por lo borde que has sido conmigo.—Ambos reímos y claudiqué, saliendo junto a él.

Durante la comida continuamos hablando del tema:

—Recuerdo aquella Nochebuena con mucho cariño… Tu hermana era encantadora y tu hermano muy tímido —rememoré sonriente.

—Hablando de Nochebuena… ¿La pasas con alguien? —se interesó Álex antes de beber de su refresco.

—No, la pasaré sola.

—Yo también la pasaré solo, mi familia se va a Ibiza a pasarla con mi hermana —expuso con una sonrisa traviesa.

—¿Tú no vas?

—No. ¿Te apetece que la pasemos juntos? Puede estar bien, ¿no crees?

—Sí, es posible…

8

ALEJANDRO

Una mañana decidí presentarme de manera inesperada en el despacho de Dani. Se trataba de un lugar frío, me recordó a lo impersonal de su apartamento, el cual prescindía de fotografías u objetos personales, consiguiendo con ello que no se asemejara a un hogar.

Puse todo de mi parte para convencerla de que pasara la Nochevieja conmigo y mi familia, no las tenía todas conmigo, pero no iba a desistir. También le propuse pasar Nochebuena juntos, sabiendo que quizá estaba pidiendo demasiado, y, aunque no muy convencida, terminó aceptando.

Días después fue ella quien insistió en que cenásemos juntos en su piso en Nochebuena; evidentemente, no tenía que convencerme de que aceptase cenar con ella, y finalmente cedí ya que ella vendría en Nochevieja a mi apartamento.

9

Después de mucho insistir, conseguí que Álex aceptase cenar en Nochebuena en mi piso. Terminé de preparar la cena y me metí en la ducha antes de que él llegase; en ese momento, mi mente comenzó a dar vueltas y rompí a llorar, necesitaba desahogarme y el llanto no cesaba. Escuché el portero e intenté adecentarme lo máximo posible. Me puse un albornoz y salí a recibir a Álex:

—¿Así son formas de recibir a la visita? —dijo con humor, pero su tono cambió drásticamente en cuanto se fijó en mis ojos—. ¿Qué te ocurre? —preguntó preocupado.

—Nada —mentí, forzando una sonrisa.

—Tienes los ojos hinchados, ¿qué te pasa? —se interesó, dejando sobre la mesa una botella de vino que traía consigo.

—No me pasa nada —espeté.

—Ven aquí. —Agarró mi mano y me llevó hasta el sofá, se sentó frente a mí y, acariciándome la mejilla, me animó a hablar—. Puedes confiar en mí, quizá te venga bien desahogarte. Puede que no lo recuerdes, pero soy muy bueno escuchando… —Logró sacarme una sonrisa, esta vez auténtica—. ¿Te entristece esta fecha? Puedes decir que te parece una mierda, yo te apoyaré…

—No me parece una mierda, pero sí me entristece —reconocí cabizbaja.

—¿Qué sientes?

—¿Quieres saberlo? —pregunté sorprendida.

—Por supuesto.

Su respuesta me extrañó muchísimo. Gael nunca se interesó en saber por qué estaba más irascible en Navidad, nunca me preguntó si echaba de menos a mi familia o si esta época del año me provocaba más dolor aún...

—Siento que estoy sola, que estas fechas son para pasarlas en familia y yo no tengo a la mía... No pude despedirme de ellos... Desde que se fueron siento que no encuentro mi sitio; pensé que estaba con Gael, pero afortunadamente me di cuenta de que no era así.

—Es normal que sientas que estás sola. No debes sentirte mal por ello, pero no olvides que no lo estás; al menos a partir de ahora, yo no dejaré que lo estés. Es cierto que no tienes familia, pero tienes amigos, y unos amigos que te quieren mucho, entre los que me incluyo. —Su mirada se volvió más intensa—. En cuanto a que no pudiste despedirte de ellos..., debe ser muy doloroso. Piensa que no es necesaria esa despedida porque siguen estando contigo. Además de estar en tu corazón, estoy seguro de que siempre te están acompañando. Y por lo del sitio... No te preocupes, es más frecuente de lo que crees, cuando menos lo esperes sentirás que estás en el lugar adecuado.

Las palabras de Álex sonaban tan sinceras... Nunca nadie me había hablado así, consiguió hacerme sentir escuchada, comprendida, apoyada... Se había puesto en mi lugar e intentaba ayudarme haciéndome ver que él estaba a mi lado.

—Gracias, Álex —dije, conteniendo el llanto. Nunca soporté llorar ante los demás y no lo iba a hacer delante de él.

—Ve a vestirte, anda. Yo prepararé la mesa —quiso alentarme.

—Ni siquiera me apetece arreglarme... —me quejé.

—Pues no te arregles, ¿qué te apetece ponerte?

—El pijama —contesté con sinceridad.

—Pues póntelo —repuso.

—¡¿Cómo me voy a poner el pijama?! —Fruncí el ceño.

—¿Qué pasa? ¿La noche será peor o menos especial porque lleves pijama? ¿O quizá la cena pierda su sabor…? ¡Venga, ponte el pijama! ¿Tienes una camiseta ancha? —Asentí confundida y prosiguió—: Déjamela, por favor.

Abrí el armario y cogí una camiseta blanca *oversize,* volví al salón con ella en la mano y Álex se acercó a mí desabrochándose la camisa. Yo no supe reaccionar ante semejante espectáculo y me quedé inmóvil frente a él.

Tragué saliva incapaz de apartar la vista. Álex tenía razón en cuanto a que había perdido el volumen. Ya no era aquel chico musculoso de la universidad; sin embargo, estaba fibrado. Pura fibra diría yo… Aunque vestido solo parecía delgado.

Al verlo con el torso desnudo ante mí, sentí como el instinto primitivo se apoderaba de mi cuerpo y me avergoncé por ello. Álex arrojó la camisa sobre el sofá y me quitó la camiseta de la mano para ponérsela.

—¿Qué te parece? Ya voy más informal; ahora, ponte el pijama —ordenó con cariño guiñándome un ojo.

Después de cenar nos sentamos en el sofá con dos copas y una botella de vino rosado. Tras servir las copas, acerqué la mía a la de Álex con la intención de brindar y, coincidiendo con el tintineo del repicar de las copas, dijo:

—Por nosotros —Tomamos un sorbo de vino y me miró con descaro.

—¿Qué pasa? —me interesé.

—Nada, este vino está delicioso.

—Lo sé. —Sonreí—. Es mi vino favorito. Fresco y afrutado.

—Sí, así es —afirmó llevándose de nuevo la copa a los labios.

Pasamos horas hablando y riendo en el sofá, nos terminamos la botella de vino y cuando Álex se levantó hizo un movimiento extraño.

—¿Qué te ha pasado? —quise saber.

—Uy, me he mareado un poco. Pero, tranquila, estoy bien.

—Genial, «señor, estoy bien». ¿Qué te parece si te quedas a dormir?

—¿Quieres aprovecharte de mí? —Sonrió de manera seductora.

—No estás tan afectado como para que me pueda aprovechar de ti.

—Pero puedo fingir que lo estoy… —añadió con tono divertido.

—Ya… Será mejor que vayamos a dormir —repuse.

—¿Dónde duermo? —preguntó.

—Yo suelo dormir en una cama, ¿tú dónde acostumbras a dormir? —bromeé.

—¿Veías Heidi? —preguntó risueño. Asentí con la cabeza intrigada—. ¿Recuerdas su cama hecha de paja?

No pude evitar reír.

—En mi cama. Solo hay una, así que dormirás en mi cama —mascullé.

—Uuuh, ¿vamos a dormir juntos? —El tono de su voz provocó que me sonrojase.

—Creo que con 32 años tenemos la madurez suficiente para dormir juntos sin malinterpretarlo, ¿no crees? —señalé divertida.

—Estoy de acuerdo —contestó intentando parecer serio.

Observé a Álex mientras se quitaba la ropa, en ese instante fui consciente de que a partir de ese momento lo vería con otros ojos. Se quedó ante mí con un simple y ajustado calzoncillo que marcaba su perfecta anatomía; ese chico ganaba muchísimo sin ropa, no cabía duda alguna… ¿Quién podría dormir con semejante hombre al lado? Estaba claro que yo tenía que lograrlo o, al menos, intentarlo…

Desperté sobresaltada por una pesadilla como de costumbre, pero mi corazón comenzó a latir más despacio cuando me encontré con Álex a pocos centímetros de mí. Lo observé unos instantes… Las facciones de su rostro eran perfectas: forma ovalada, nariz delgada, dientes perfectamente alineados, pelo oscuro y labios de grosor medio, de los que apetece morder… ¿Qué me estaba pasando con Álex? No quería sentirme atraída por él, era mi amigo. Miré el reloj y eran casi las once de la mañana, por lo que decidí levantarme:

—¿Ya estás satisfecha? —preguntó Álex con voz somnolienta y deseé que me tragase la tierra.

—¿Cómo dices? —atiné a decir.

—¿Ya no duermes más? —aclaró y yo volví a recobrar el aliento al comprobar que no se refería a que lo hubiera observado con total descaro.

—No, ya no tengo sueño —respondí evitando mirarlo mientras se estiraba, dejando ver su torso desnudo.

—Uf, mi cabeza… —se quejó.

—Bebiste demasiado vino —acusé sonriente—. Prepararé café acompañado de un paracetamol —anuncié antes de abandonar la habitación.

Álex apareció despeinado, descalzo, con los vaqueros desabrochados y la camiseta en la mano. Y he de confesar que esa imagen me pareció la más sexi que había visto hasta ese momento; mentalmente pensaba en lo mucho que me gustaba y tras sonreírme, me vi obligada a recobrar el aliento si no quería parecer tonta.

—¡Feliz Navidad! —exclamó al mismo tiempo que se ponía la camiseta.

—Igualmente, ¿qué tal has dormido?

—Realmente bien, eres una buena compañera de cama —aseguró.

—Me han podido definir de distintas formas, pero jamás me han dicho que soy una buena compañera de cama. —Reí por su peculiar opinión.

—Pues lo eres —aseveró.

—Gracias, supongo…

—¿He roncado? —se interesó.

—No lo sé, no te he oído.

—Mejor, si no te llevarías muy mala imagen de mí —añadió.

—Entre amigos se permite roncar, no te preocupes.

—¿Ah, sí?

—¡Claro! Con los ligues hay que ser más cuidadoso, pero con los amigos no es necesario —expliqué de manera simpática.

—¿Qué planes tienes para hoy?

—Ninguno —señalé.

—¿Qué sueles hacer el día de Navidad?

—Nada.

—¿Nada? Algo harías —apuntó.

—Sí, los últimos años me quedaba sola en casa.

—¿Sola? ¿Qué hacía tu ex?

—Gael se iba con sus amigos a pasar el día de Navidad fuera.

—¿Por qué?

—Decía que él quería disfrutar del día de Navidad con gente que le hiciera divertirse; yo no era una de esas personas... Llegó a decirme que, por mucho que mostrase mi estúpida sonrisa, él veía la tristeza en mis ojos y eso le amargaba el día y lo ponía de mal humor.

—Dani, ¿te fue infiel?

Su pregunta me dejó desconcertada, no la esperaba, tragué saliva antes de responder fingiendo entereza.

—Sí. ¿Cómo lo has deducido?

—Por tu mirada... Está claro que no supo valorar a la mujer que tenía al lado —opinó.

—Gracias por tus palabras, Álex.

—Es la verdad.

—No lo sé... Llegué a sentirme muy inferior a él. Gael allí se convirtió en un hombre de éxito muy venerado por sus compañeros. Yo, en cambio, me transformé en una ama de casa solitaria.

—¿No tenías amigos allí?

—No, y cuando volví a España había perdido a la mayoría de los amigos que tenía aquí, algo lógico...

—¿Por qué? ¿Los dejaste de lado?

—Cuando nos mudamos a Múnich, yo no salía de casa. Allí no trabajaba a petición de Gael, por lo que me sentía muy sola y llamaba bastante a mis amigos. Recuerdo el día que revisó concienzudamente la primera factura telefónica con mi móvil en la mano para comprobar de quién era cada número. Esa fue la primera señal que mostró de ser una persona distinta a la que me había hecho creer. A raíz de aquello hablaba cada vez menos con mis amigos; yo no podía llamarles porque me sentía controlada y quería evitar enfrentamientos... Y ellos se cansaron de tener que ser siempre quienes lo hicieran, algo que entiendo perfectamente. Tan solo Sergio seguía llamándome cada semana interesándose por mí.

—Me surge una curiosidad.

—¿Qué?

—¿Sergio siente algo más que amistad por ti?

—No, ¿por qué?

—Como ya te he dicho, era una curiosidad..., por el hecho de que únicamente él mantuviese el contacto contigo y sea quien siempre está a tu lado.

—Lo que hay entre nosotros es realmente amistad y no cabe otra cosa.

—¿Sergio tiene pareja?

—No. Tuvo una relación de algunos años, tenían planes de futuro; para Sergio ella era todo, estaba muy enamorado. Pero rompieron antes de que yo volviese a España, por lo que no llegué a conocerla. Y cambiando de tema... ¿Qué planes tienes hoy?

—Pasar el día contigo.

—No estoy de acuerdo, seguro que tienes mejores planes.

—No, mi plan es pasar el día contigo.

—Seguro que tienes planes con amigos.

—Así es, tú y yo somos amigos —apuntó.

—Álex, sabes a lo que me refiero.

—Dani, ¿puedes entender que estoy a gusto contigo? No me siento obligado a estar a tu lado, no estoy aquí porque me des pena, ya te lo dije. Espero que ya te quede claro —indicó con una expresión que lo hacía más guapo aún.

10

ALEJANDRO

Aquella noche, cuando abrió la puerta vestida con un albornoz y el pelo mojado, se veía realmente bella. Pero, en el momento en que le miré a los ojos, se me encogió el corazón al comprobar que los tenía hinchados.

Entendía que esa época debía de ser especialmente dolorosa para ella y logré que se abriese un poco y compartiera conmigo el dolor que residía en su interior, ese que intentaba ocultar.

Pasé una noche inolvidable e inigualable a su lado, me encantaba verla sonreír y pude disfrutar de su sonrisa en diversas ocasiones. Dormimos juntos, y sentirla tan cerca, me aceleraba el corazón.

El día de Navidad lo pasé junto a Dani y descubrí algo que me entristeció. Su exmarido le fue infiel, se sentía sola y desubicada, y, además, perdió a la mayoría de sus amigos.

11

Llamé al portero automático y, acto seguido, se abrió la puerta. Subí hasta la tercera planta por las escaleras y allí estaba Álex esperándome en el rellano:

—¡Qué guapa! —exclamó al mismo tiempo que me examinaba.

—¡Gracias! Tú también estás muy guapo —dije con total sinceridad.

—Había pensado quedarme en calzoncillos para cenar, pero finalmente he decidido arreglarme un poco para que mi madre no me dé la brasa… —bromeó por mi vestimenta en Nochebuena.

Álex vestía un vaquero y una camisa gris bastante abierta, la cual dejaba que asomara un poco el vello pectoral, lo que provocó que se alojase en mi mente el recuerdo de su torso desnudo, y esa imagen me ponía nerviosa.

—He traído el vino que te gusta —acerté a decir mostrando la botella que llevaba en la mano.

—Bueno, por suerte yo he comprado el que te gusta a ti y he cambiado las sábanas para que te quedes a dormir.

—¿Por qué has tenido que cambiar las sábanas? —pregunté con sorna.

—Letrada, quieres saber demasiado —dijo con aire despreocupado, aguantando la risa e invitándome a pasar.

Los padres de Álex se mostraron muy cariñosos y atentos conmigo; se acordaban de mí a pesar de habernos visto tan solo en dos ocasiones y hacía varios años. Su hermano Raúl ya no era aquel joven tímido que yo recordaba; tenía veinticuatro años, era instalador de placas solares y había creado su propia empresa.

—¿Desde cuándo estáis juntos? —preguntó Raúl dirigiéndose a mí.

—¿Perdona? —Lo miré desconcertada.

—No estamos juntos, Raúl —intercedió Álex.

—Pues es una pena, porque hacéis una pareja maravillosa —intervino Amanda, la madre de Álex.

—Mamá, por favor —protestó Álex.

—Amanda, cariño, deja a los chicos. La juventud de hoy en día no es como la de antes. Ellos no quieren ataduras, ni dar explicaciones a nadie —añadió Román ante la atenta mirada de su hijo.

—Puedo dejarlos, pero eso no evita que hagan una estupenda pareja. Solo hay que observar cómo se miran —argumentó Amanda y, dirigiéndose a Álex, concluyó complacida—: Los ojos son el espejo del alma y vuestros ojos hablan por sí solos, cariño.

Álex y yo nos miramos con atención durante un instante, como si quisiéramos saber lo que decía la mirada del otro. A mí, desde luego, su mirada no me dijo nada...

Presenciar la relación que mantenían Álex y Raúl con sus padres me satisfizo y, al mismo tiempo, me hizo entristecer al pensar en mis padres y en cómo sería nuestra relación en caso de seguir vivos, en todos los momentos que no pudimos vivir juntos..., porque el destino decidió arrebatarme lo que más quería y perturbarme cada día de mi existencia. Álex se acercó a mí y fui consciente de que debía recomponerme de inmediato, por lo que, haciendo todo lo posible, disimulé la tristeza que me acompañaba y prefabriqué una sonrisa.

Llegado el momento, los padres de Álex y su hermano se marcharon y yo me dispuse a recoger la cocina, pero Álex se acercó a mí por detrás, colocando sus manos sobre mi cintura, provocando con ese acto que se me erizara la piel.

—Deja eso, ya me encargaré mañana. Ahora vamos a tomarnos un vino tú y yo solos, y comenzar el año echando unas risas —sugirió mostrando su encantadora sonrisa.

—Está bien… —acepté, acompañándole al sofá de su salón.

Charlamos durante horas, tal y como Álex había previsto; reímos bastante, y bien entrada la madrugada nos fuimos a dormir.

Antes de meterme en su cama, le pedí una camiseta y me indicó que abriera el armario con total confianza y escogiera yo misma. Me sorprendió lo ordenado que era.

Me puse una de sus camisetas y me tumbé a su lado. Me costó bastante conciliar el sueño. Estar junto a él en su cama, embriagada por su aroma, sentir el roce de su piel al moverse… En mi mente comenzó a formarse una película digna del mejor director de cine.

Desperté al caer al suelo; el corazón latía con tanta fuerza que parecía querer escapar de mi pecho y un temblor horroroso se apoderó de mi cuerpo cubierto de sudor. En ese instante, Álex apareció frente a mí.

—¿Estás bien? ¿Te has hecho daño? —Me era imposible articular palabra—. Dani, ¿qué te pasa? —Era evidente que se estaba agobiando.

Cerré los ojos, apreté sus manos y respiré hondo mientras me concentraba en el hecho de que estaba con Álex y todo estaba bien, no tenía de qué preocuparme; todo se encontraba en mi mente…

—Dani, me estás preocupando, ¿puedes hablar? —preguntó alarmado.

—Sí. Estoy bien —mascullé.

—¿Qué te ha pasado?

—Lo siento. He tenido una pesadilla… —confesé atropellando las palabras por lo alterada que estaba.

—¿Qué sucedía en esa pesadilla?

—No lo recuerdo… —mentí de manera convincente.

—¿Te has hecho daño al caer? —volvió a preguntar angustiado.

—No, no te preocupes, estoy bien. Siento haberte despertado y preocupado —me disculpé, mirándole a los ojos.

—¡Qué tontería! No tienes nada que sentir. Vamos a la cama. ¿Te agarro fuerte para que no vuelvas a caerte? —dijo esbozando una sonrisa mientras me abrazaba con fuerza, tumbado a mi lado; para mi sorpresa, tenerlo tan cerca en un momento así no me incomodó.

12

ALEJANDRO

Llegó el último día del año. Escuché el portero automático y supe que era Dani; mis padres nunca fueron puntuales… Cerré el horno y abrí la puerta enseguida. Allí estaba ella. Guapísima, realmente espectacular. Nada más vernos, bromeamos uno con el otro. Su sonrisa me daba vida.

Mis padres se mostraron encantados con Dani. Raúl pensó que había algo entre nosotros y observé cómo ella se sonrojaba, especialmente, con el lamento de mi madre al aclararle que solo éramos amigos. Cuando mi familia se marchó, Dani se dirigió a la cocina con la intención de recoger. Me acerqué a ella por la espalda, coloqué mis manos en su cintura y su delicioso aroma inundó mis fosas nasales al acercarme a su cuello para susurrarle al oído que me acompañase y dejara lo que estaba haciendo.

Aquella noche se quedó a dormir conmigo. Me pidió una camiseta y, poniéndose de espaldas a mí sin saber que la observaba con atención, se deshizo de su ropa para colocarse mi camiseta. Me llamó notablemente la atención el color de su ropa interior; las chicas con las que había coincidido en la última noche del año —no es que fueran muchas, todo hay que decirlo— vestían lencería de color rojo. Pero Dani era distinta en todos los aspectos; ella la llevaba de color negro. Tengo que confesar que mi cuerpo se alteró al verla en ropa interior e incluso vistiendo una de mis camisetas.

Aquella noche me costó inmensamente conciliar el sueño. Desperté con el sonido de un golpe seco, abrí los ojos y comprobé que Dani no estaba a mi lado. Escuché una respiración agitada. Encendí la luz de mi mesilla y miré al suelo desde el otro lado de la cama. Dani estaba tirada en el suelo; su gesto era de auténtico pánico, respiraba con dificultad y no respondía a mis preguntas. Me preocupé, realmente me preocupé mucho. Finalmente, con un hilo de voz, me explicó que había tenido una pesadilla, pero, según decía, no recordaba nada. Estaba seguro de que sí lo recordaba, pero no quería compartirlo conmigo. Cuando se hubo tranquilizado, nos tumbamos nuevamente en la cama y la abracé con fuerza con la excusa de que lo hacía para evitar que volviese a caer al suelo.

13

Álex y Nando organizaron un viaje para pasar unos días en Ibiza. Al coincidir nuestros días de descanso, nos convencieron tanto a Úrsula como a mí para que nos uniéramos a ellos en ese viaje.

Mi pánico a los aviones era bien conocido por Úrsula, por lo que no me sorprendió que se pasara el vuelo pendiente de mí. En cambio, sí que fue una sorpresa que Álex también lo hiciera.

Nunca volaba sola, siempre iba acompañada y hacía un esfuerzo sobrehumano por tener autocontrol. Solía ver una película con el objetivo de no prestar atención a lo que mi cerebro se empeñaba en mostrarme: el accidente de avión en el que murieron mi madre y mi hermano. Y, a pesar de ir en constante tensión durante todo el vuelo, conseguía llegar al destino sin formar un espectáculo.

La casa en la que nos alojábamos contaba con dos habitaciones; fuimos rápidas y la más grande nos la adjudicamos las chicas. Al dirigirnos a la parte trasera, Úrsula comenzó a dar saltitos sin poder controlarse al ver la espectacular piscina que teníamos frente a nosotras, lo cual acompañó de un chillido que casi me perfora el tímpano.

El día de llegada decidimos que no saldríamos, puesto que estábamos agotadas, pero después de la cena se dieron un chapuzón en la piscina, comenzaron a jugar tirándose unos a otros y haciéndose ahogadillas. Yo me quedé sentada en el borde de la piscina y poco después tenía a Álex junto a mí, preguntando por qué no jugaba. Le respondí que no me apetecía y, después de la tensión vivida en el vuelo, mis cervicales agradecerían mi decisión. Hubo un acercamiento peligroso entre nosotros en aquella piscina, por lo que intenté evitarlo el resto de la noche. A Úrsula y Nando también les sucedió algo parecido; ellos, en cambio, no pusieron freno y se dejaron llevar, por lo que terminaron pasando la noche juntos en la habitación de los chicos, celebrando su inminente reconciliación.

—Parece que ha encontrado mejor acompañante para dormir —dijo Álex, refiriéndose a su amigo.

—Bueno, pues te toca dormir en la habitación grande, siempre hay que ver lo positivo —respondí.

—¿No te importa que duerma en tu habitación?

—No, para nada.

Al entrar en la habitación, Álex preguntó cuál era mi cama. Señalé con el dedo, respondiendo a su pregunta, y, entre risas, dijo:

—Menos mal que está pegada a la pared, así las posibilidades de que te caigas nuevamente de la cama se reducen…

—¡Qué chistoso! —exclamé con tono jocoso.

Una vez que mi cuerpo descansaba sobre la cama, percibí cómo alguien se tumbaba a mi lado. Obviamente se trataba de Álex; su aroma me invadió, así que, sin moverme, reprendí en tono de broma:

—¿Te da miedo dormir solo?

—Sí, pero no se lo digas a nadie —masculló, haciéndose el gracioso antes de chistarme.

—¿Me has chistado? —pregunté, quejosa.

—Deja de protestar —ordenó, divertido, mientras sus manos se aferraban a mis hombros y comenzaba a masajear en dirección a la zona cervical—. Sigues tensa, intenta relajarte.

Hice lo que me pidió, cerré los ojos e intenté relajar los músculos de mi cuerpo. Una tarea bastante complicada, teniendo en cuenta que sentía el contacto de su piel sobre la mía. Su cercanía, su olor y el calor que desprendía me mantenían en alerta, hasta que finalmente consiguió que me relajase tanto que me quedé dormida.

14

Tras pasar nuestra primera noche en la isla y ponernos los trajes de baño, nos encaminamos a la playa. Tener todo el tiempo a Álex ante mí, en bañador y con las gotas de agua resbalando por su fibrado cuerpo, era de lo más tentador que he vivido. Tenía que quitármelo de la cabeza. Incluso Úrsula se percató de lo que me pasaba… ¿Te imaginas cuál fue su consejo? ¿No? Ahí va:

—Daniela, para sacártelo de la cabeza tienes que liarte con él.

—En primer lugar, es mi amigo y quiero que siga siéndolo, Úrsula. Y, en segundo lugar, ¿qué te hace pensar que él querría?

—Pues la otra opción es que te líes con otro para sacarte a Alejandro de la cabeza.

—¿Eso funciona realmente?

—Por supuesto, es un hecho comprobado —respondió con total seguridad.

Los chicos se acercaron a nosotras, interrumpiendo los consejos de la que un día fue mi compañera de piso.

—¿No piensas darte un baño? —preguntó Álex, dirigiéndose a mí.

—No, no me gusta bañarme en la playa.

—¿En serio? ¿Una exnadadora no nada en la playa? —Su sorpresa era más que notable.

—¿Exnadadora? —preguntó Úrsula.

—¿No sabes que Daniela era nadadora? Compitió con la Real Federación de Natación Española en varios campeonatos.

—¿De veras? —Úrsula me lanzó una mirada asesina.

—Haciendo memoria, creo que me tomas el pelo —me recriminó Álex.

—¿Por qué? —pregunté, molesta.

—En el viaje que hicimos en nuestra época universitaria a Portugal, te bañaste en cada playa que visitábamos —argumentó.

—Pues será que me he hecho mayor… —masculló.

—¡Venga, vamos a nadar un poco! —insistió Álex.

—He dicho que no, déjame en paz —espeté, de mal humor.

—De acuerdo, perdona. —Su expresión se tornó y se giró, alejándose de mí.

—Así no te lías con él, eso te lo garantizo —se jactó Úrsula.

A partir de ese momento, Álex marcó distancia entre nosotros y no, no le pedí disculpas por hablarle de ese modo.

Esa noche acordamos ir a una famosa discoteca. Úrsula y yo bailábamos en la pista mientras los chicos no se movían de la barra. Un chico bastante atractivo quiso invitarme a una copa, la cual rechacé; sin embargo, en lugar de alejarse, comenzó a entablar conversación conmigo. Miré hacia dónde estaban los chicos y comprobé que Álex hablaba con una chica. En ese momento recordé el consejo tan miserable que me dio mi amiga y dejé de mirar a Álex para centrarme en el chico al que acababa de conocer. Minutos después, Nando estaba a medio metro de mí, bailando con Úrsula. Inevitablemente, volví a buscar con la mirada a Álex y seguía con aquella chica en el mismo lugar.

—Disculpa, ¿cuál es tu nombre? Yo soy Daniela —me presenté al chico que intentaba ligar conmigo.

—Cierto, ni siquiera me he presentado. Encantado, Daniela. Yo soy Otto.

—¿Otto? ¿Cómo el de los Simpsons?

—Sí, pero te aseguro que estoy un poco más centrado que él —admitió, risueño.

—Perdóname, por favor. Seguro que te lo han dicho hasta la saciedad… —lamenté decir lo primero que me vino a la cabeza.

—Es posible… —Rio—. Te perdono si bailas conmigo.

Me pareció simpático y accedí a bailar con él un par de canciones. Otto aprovechó el baile para acercarse a mí y eso me incomodó bastante. Sutilmente me aparté y me disculpé con la excusa de ir al baño. Miré hacia dónde se encontraba Álex y me topé con su mirada clavada en mí; sentí el frío de sus ojos transitando por mi cuerpo. Continué caminando; tras cerrar la puerta, me miré al espejo y me pregunté a mí misma qué me estaba pasando. Yo no quería volver a tener una relación; ya no creía en el amor, pero ¿qué era eso que me despertaba Álex? Cuando salí del baño, Álex ya no estaba allí. Me acerqué a Úrsula con la intención de averiguar dónde estaba.

—¿Sabes dónde está Álex?

—Se ha ido con su hermana, creo que va a pasar la noche en su casa e iba bastante serio —comentó.

—¿Cómo? ¿La chica con la que estaba es su hermana?

—Sí.

—¿Qué hace su hermana aquí? —indagué.

—Ayer dijo que su hermana vive en el norte de Ibiza.

—No lo recuerdo… —Justo al decir aquello, vino a mi memoria que cuando me invitó a pasar la Nochevieja con él, me dijo que su hermana vivía en esta isla.

—Estarías en tu mundo. —Úrsula me acusó con su mejor sonrisa.

—Es probable.

No podía tomarme a mal la opinión que mi amiga tenía de mí, puesto que a veces mi mente no acompañaba a mi cuerpo.

15

—¡Buenos días! ¿Qué tal habéis dormido? —saludó Álex al entrar en la casa.

—¡Buenos días, tío! Bien, aunque poco… —respondió Nando, estrechándole la mano.

—¿Y tú? ¿Has dormido algo? —preguntó Álex, dirigiéndose a mí—. ¿O tu amigo no te ha dejado descansar en toda la noche?

—¿Qué amigo? —espeté, sin humor.

—El chico con el que estabas anoche en la discoteca; vi cómo bailabais —explicó, con gesto divertido.

—Otto no es mi amigo y no te confundas conmigo —increpé.

—¿Tan temprano has empezado a beber? —se mofó.

—¡No he bebido! ¿A qué viene eso?

—¿Por qué no pronuncias bien?

—¿Acaso te parece que no pronuncio bien? —mi mal humor comenzó a estar latente.

—A ver, di: otro.

—Puedo decir «otro» las veces que te venga en gana, pero el chico que conocí en la discoteca se llama Otto —puntualicé, con desagrado.

—¿Le dieron el día libre en los Simpsons? —continuó con su tono jocoso.

—Qué infantil eres… —le acusé, a pesar de que yo me comporté con el chico en cuestión del mismo modo la noche anterior.

—¿No me lo vas a presentar?

—No está aquí. Si tenías interés en conocerlo, te hubieras acercado anoche…

—¿Ya se ha ido?

—No ha venido; ya te he dicho que no debes confundirte conmigo —aclaré, con tono hosco.

—¿Qué quieres decir con eso?

—Nada que te pueda interesar, déjalo —concluí, dando media vuelta para salir de allí.

Estaba claro que no le importaba lo más mínimo verme con otro chico, por lo que confirmé que ya no tenía ningún interés en mí. Aquello quedó en el pasado… Así que era más urgente aún sacármelo de la cabeza.

Decidí disfrutar de las vacaciones y de mis amigos, de modo que disimulé como nunca en mi vida la atracción que sentía por Álex y, afortunadamente, conseguí divertirme.

La noche antes de nuestro regreso a la península, salimos a cenar a un bonito restaurante. Álex me hablaba de una anécdota bastante graciosa que vivimos en la universidad y Nando interrumpió nuestra conversación diciendo:

—Y yo que te la quería presentar…

—¿A quién? —preguntó Álex, confundido.

—A Daniela —respondió—. ¿Recuerdas que tenía la intención de presentarte a la compañera de piso de Úrsula?

—Un momento. ¿La chica con la que me querías emparejar es Daniela?

—Sí —afirmaron Nando y Úrsula al unísono.

—¿Erais… compañeras de piso? —cuestionó Álex dirigiéndose a mí.

—Sí. Un mes después de quedarme sola, se me hacía demasiado doloroso estar en casa; creía ver a mi hermano y a mis padres cada vez que entraba en una de las estancias… Así que decidí dejar la vivienda familiar y buscar un piso para compartir, puesto que las cuentas aún estaban bloqueadas y no disponía de mucho dinero. Así fue como Úrsula y yo nos conocimos compartiendo piso durante… ¿Cuántos meses fueron? —pregunté a mi amiga.

—Ocho meses, hasta que el imbécil de tu ex te convenció de que te marchases con él. Nunca me gustó Gael; en cambio, Nando y yo pensábamos que Alejandro y tú haríais una pareja ideal, por ese motivo estábamos empeñados en que os conocierais, sin saber que ya erais amigos, claro.

—¿A ti también te hablaron de mí? —se interesó Álex.

—Sí, ambos me dijeron que debía conocerte porque estaban seguros de que nos llevaríamos bien.

—Y no nos equivocamos —añadió Nando.

—¿Vendiste la casa de tus padres? —continuó preguntando Álex.

— No. El amigo de mi padre del que te hablé, el policía, vivía con su mujer y sus cuatro hijos en un piso, así que les pedí que se quedaran en casa. Yo no puedo estar allí, pero tampoco soy capaz de deshacerme de ella.

—Te entiendo.

—¿Has vuelto allí? —quiso saber Nando.

—No. Quiero ir a visitarlos; eran los mejores amigos de mis padres, pero no me veo capaz…

—Cuando quieras ir, yo te acompañaré —expresó Álex mientras agarraba mi mano, sin apartar sus ojos azules de mi mirada.

—Gracias, Álex —conseguí decir a pesar del nudo que se formaba en mi garganta.

—¡Qué bonito! Sigo pensando que estáis hechos el uno para el otro —afirmó Úrsula, levantando el tono de voz.

Mirando a Álex, pensé que ojalá fuera cierto y noté cómo me sonrojaba, de modo que aparté la vista de él para coger mi copa de vino y beber de ella mientras sentía las miradas de mis acompañantes posadas sobre mí. Y volví a repetirme a mí misma que yo no deseaba volver a tener pareja y Álex no estaba interesado en mí.

16

ALEJANDRO

En nuestra escapada a Ibiza, pude percibir el miedo que Dani intentaba contener al embarcar en el avión. Úrsula trataba de calmarla, pero su expresión hablaba por sí sola. Yo iba en el asiento contiguo al otro lado del pasillo. Le ofrecí mi mano y le dije que imaginase que íbamos en un autobús; Dani la aceptó, regalándome la más bonita de las sonrisas. Comencé a hablarle de lugares de la isla, calas preciosas a las que tenía intención de llevarla y, por fortuna, su rostro comenzó a relajarse.

Aquella noche sentí que hubo un acercamiento real entre nosotros, aunque solo fue un momento, por lo que pensé que fue mi percepción, ya que el resto de la noche se la pasó ignorándome.

Por circunstancias ajenas a nosotros, terminamos durmiendo en la misma habitación. Sabía la tensión que había sufrido durante el vuelo y, según dijo, se había alojado en sus cervicales. Sin pensarlo demasiado ni pedir permiso, me tumbé en su cama y, tras una breve conversación en la que se burlaba de mí, comencé a masajear sus hombros con la intención de relajarla hasta que se quedó dormida. Me acerqué a ella y, tras inspirar su aroma, la besé en la mejilla antes de acomodarme a su lado.

La mañana siguiente disfrutábamos de un día de playa magnífico cuando me fui directo a Dani con la intención de que se metiera en el agua conmigo, pero rechazó la propuesta. Tras insistirle, me respondió bastante molesta, de modo que no volví a acercarme a ella; eso sí, la observaba en la distancia. Estaba bellísima; los rayos del sol le favorecían como a nadie, y poco después de estar tumbada en la arena, se colocó una gorra y unas gafas de sol que la hacían más interesante aún.

Tenía planeado escaparme para visitar a Miranda, mi hermana, ya que vivía en Ibiza, pero cuando hablé con ella, me comentó que esa noche iría a la misma discoteca a la que iríamos nosotros, así que quedamos en vernos allí. Al llegar a la discoteca, me dirigí a la barra junto a Nando a pedir las bebidas. Dani y Úrsula se quedaron en la pista de baile disfrutando de la música y moviendo sus cuerpos al ritmo de esta. Pocos minutos después, me encontré con mi hermana y, mientras charlaba con ella, me percaté de que Dani bailaba con un chico en la pista de baile. Mi hermana se dio cuenta de mi disgusto y me sugirió salir de allí. Acepté de inmediato. No me agradaba ver aquello. Después de una conversación en la calle que a Miranda le sirvió para averiguar qué me había molestado, me invitó a dormir en su casa y pensé que sería lo mejor, ya que no soportaría presenciar cómo Dani se iba acompañada a dormir por alguien que no era yo.

Siendo optimista, diré que esa noche dormí poco. Mi noche en vela me sirvió para pensar y llegar a la conclusión de que Dani no sentía nada por mí. Así que decidí tomarlo de la mejor forma posible, apoyarla en todo y ser un buen amigo. No quería perderla de nuevo; si tenía que conformarme con su amistad, así sería.

Al regresar a la casa, bien entrada la mañana, saludé a Dani con entusiasmo; ella, en cambio, tenía cara de pocos amigos. Me interesé por cómo fue la noche con su nuevo amigo y me hizo saber que no habían pasado la noche juntos. Sentí un alivio que nunca antes había experimentado.

En esos días, Dani me demostró que éramos buenos amigos y que no le despertaba ningún tipo de interés como hombre; así que, aun sintiéndome decepcionado y desdichado, hice de tripas corazón, como se suele decir, y actué de la mejor forma que pude para no aparentar lo jodido que estaba por su indiferencia.

17

Al salir de mi despacho, recibí una llamada de mi amigo Sergio para avisarme de que llegaría cinco minutos tarde a la cita que teníamos.

—¿Por cinco minutos me avisas? —Sonreí, conociendo la puntualidad de mi amigo.

—Sí, sabes que soy muy puntual; de modo que si no llego a la hora en la que hemos quedado, puedes pensar que se me ha olvidado —argumentó.

—Yo me había hecho ilusiones pensando que quizá me llamabas para avisarme de que irías acompañado por algún amigo soltero —bromeé.

—Me alegra oír eso, ¿sabes? —indicó complacido.

—¿Te alegra saber que tu amiga no prueba bocado? —prorrumpí, haciéndome la ofendida.

—Me alegra comprobar que mi amiga vuelve a ser mi amiga y no la marioneta en la que la convirtió el imbécil estirado de su exmarido —aclaró con una risa sonora y a mí me dolió estar fingiendo que volvía a ser la misma de antes.

—Tienes razón… ¿cómo no me di cuenta…? —lamenté.

—Porque estabas ciega; menos mal que abriste los ojos…

—En un rato nos vemos, voy a subir al coche —esquivé la conversación que amenazaba con alcanzarme.

—Ten cuidado.

Llegué antes de tiempo al restaurante en el que había quedado con Sergio, así que decidí esperarle en la mesa que teníamos reservada y pedir un vino mientras tanto.

Frente a mí había dos chicos compartiendo mesa. Charlaban animadamente y, quizás, pensé que había sido bendecida con el don de la invisibilidad, porque me quedé mirando a uno de ellos descaradamente. Sus ojos me recordaron a mi hermano; no podía dejar de mirarlo y admirarlo como si de mi hermano se tratase. Estaba tan atenta a ese chico que cuando llegó Sergio ni siquiera me percaté. Mi amigo me saludó dándome dos besos y, seguidamente, tomamos asiento, pero justo al hacerlo alguien llamó su atención.

—¡Sergio! —exclamó el chico al que había observado hasta momentos antes.

—¡Hombre, Beni! ¿Qué tal? —respondió mi amigo.

—Bien, he venido a comer con mi chico; ¿y tú qué tal? —indicó sin dejar de mirarme.

—Lo mismo. He quedado para comer y pasar un buen rato con una amiga —respondió Sergio, desviando su mirada hacia dónde me encontraba.

—Disculpa, ¿nos conocemos? Me he dado cuenta de que me estabas mirando —preguntó el tal Beni, dirigiéndose a mí.

—Eso mismo te iba a preguntar yo ahora mismo. Me resultas muy familiar y llevo todo el tiempo intentando recordar de qué te conozco, pero no te ubico. —Agradecí mentalmente a mi cerebro la rapidez con la que reaccionó para salir del paso.

—Pues, no sé…

—¿A qué te dedicas? —pregunté, siguiendo adelante con mi farsa.

—Soy director de una sucursal bancaria.

—Quizá nos hayamos visto en alguna ocasión en el Juzgado. Soy abogada y estoy segura de que has tenido que asistir a algún juicio en representación de la entidad, que últimamente tenéis bastantes demandas… —argumenté.

—Pues sí —admitió, forzando una sonrisa.

—Entonces, de eso es; esta noche ya dormiré tranquila —concluí risueña.

—Estupendo. Ha sido un placer conocerte, no os robo más tiempo —se despidió de mi acompañante y volvió a su mesa.

Una vez que el conocido de Sergio se marchó del restaurante, dio comienzo el interrogatorio de mi amigo.

—A mí no me la das, ¿en serio conoces a Beni del juzgado?

—¡Ni de coña! Me había parecido guapo y no entiendo qué me ha pasado para quedarme mirando de ese modo —mentí, ocultando la tristeza que me invadía.

—Joder, pues hay que aplaudirte por cómo has salido del paso, yo te daría el Goya a la mejor actuación.

—No seas imbécil, que me hago ilusiones y voy ahora mismo a comprarme un vestidazo apropiado para la gala de los Goya. —Ambos reímos a carcajadas.

—¿Qué pasa? ¿Se te ha estropeado el radar? —se interesó, mirándome con detenimiento.

—Es posible, desde que salí del mercado ya no sé quién es hetero y quién no, estoy obsoleta… —lamenté, siguiendo la conversación.

—¿Sabes cuál es la mejor forma de actualizarse?

—¿Cuál?

—Saliendo de marcha.

—No me funciona mucho, te lo aseguro.

—¿Ese es el motivo por el que no sales? ¿Porque tu radar se ha estropeado? —se carcajeó—. Esta noche te vienes conmigo, he quedado con unos amigos.

—No —respondí con inmediatez y rotundidad.

—¿Por qué?

—Porque no voy a ir de acoplada.

Sergio insistió hasta que llegamos al punto en que o claudicaba o dejábamos de ser amigos, de modo que claudiqué, como habréis imaginado.

En primer lugar, fuimos a cenar. Allí conocí a sus amigos, Matías y Julián, unos chicos supermajos y divertidos.

—Me acaba de escribir César, pregunta dónde estamos para reunirse con nosotros —indicó Julián.

—¿No había quedado con una chica? —dudó Sergio.

—Sí, pero parece ser que la cita no ha ido bien.

—Dile que siempre será bien recibido, aunque su intención sea cambiarnos por una mujer —añadió Matías.

Minutos más tarde, recibí una llamada de Úrsula, de modo que salí a la calle a hablar por teléfono. Mientras hablaba con mi amiga, me llamó la atención un chico que entró al restaurante. Era alto, musculoso, con ojos almendrados de color oscuro y barba perfectamente perfilada.

Al terminar la llamada, volví al restaurante y coincidió que salía el mismo chico en el que me fijé minutos antes, pero lo hizo con tal fuerza que chocó su hombro contra el mío y me hizo daño, por lo que de inmediato volvió hacia mí para disculparse:

—Perdóname, ¿te he hecho daño?

—La verdad es que sí. ¿Qué tienes ahí dentro? ¿Acero? —recriminé.

—Lo siento de veras.

—No puedes salir así… —le reproché.

—Lo sé, es que me he molestado con mis amigos… Uno de ellos ha venido con una amiga y ya no voy a estar cómodo para contarles lo que quería. Además, las chicas siempre…, perdón. Ni siquiera sé por qué te cuento…

—¿Las chicas siempre qué? —le interrumpí, fijando mi mirada de mala hostia en él.

—Nada, no me hagas caso.

—Intuyo que será mejor así —afirmé con tono hostil.

—Me siento fatal, de verdad.

—¿Por hacerme daño o por parecer un misógino? —increpé.

—Yo no soy un misógino —respondió ofendido.

—No he dicho que lo seas, sino que lo pareces.

—César, ¿no te ibas? —preguntó Sergio al salir del restaurante, dirigiéndose al chico que estaba a mi lado.

—Así que tú eres César… —dije, levantando una ceja.

—Sí, ¿por qué? —preguntó confuso.

—Un placer conocerte, espero que entiendas la ironía. Yo soy Daniela, la amiga aguafiestas que acompaña a Sergio —me presenté, ofreciéndole mi mano y utilizando todo el sarcasmo que conocía.

—¿Puede empeorar más la noche? —preguntó, dirigiendo la mirada a sus amigos.

—Te aseguro que sí, no desafíes a tu suerte. —Le di una palmada en la espalda y me acerqué un poco más para susurrarle—:

Probablemente los astros estén ahora burlándose un poco de ti, pero no olvides que pueden descojonarse...

—Eres muy simpática —dijo de manera sarcástica, dedicándome una mirada un tanto desagradable.

—No, la verdad es que no soy conocida por ser simpática —contesté de manera altiva.

Me di media vuelta y comencé a caminar hacia Sergio con soberbia.

En la discoteca observé en la distancia, en alguna que otra ocasión y con disimulo, a César; en su forma de sonreír y de expresarse me recordaba a Álex y eso inevitablemente me atraía.

18

Me encontraba desayunando con Álex cuando comenzó a sonar mi teléfono. Vi que era Sergio y contesté de inmediato:

—¡Buenos días!

—¡Buenos días, Dani! ¿Cómo has dormido?

—Bien —mentí, llevaba años sin dormir bien.

—Verás, es que César quiere hablar contigo.

—¿Quién es César? —pregunté.

—Mi compañero.

—¿Tu compañero?

—Sí, el que conociste anoche —aclaró.

—¿Tu amigo, el desagradable?

—Dani… —me riñó con tono severo.

—Bueno, quizá la explicación sea que está acostumbrado a estar rodeado de cadáveres y por eso no sabe tratar con personas a las que aún les late el corazón.

—Dani, estoy con César y tengo el altavoz activado —indicó.

—No tengo problema en que escuche lo que opino de él —indiqué altiva—. Buenos días, César, supongo que esperas que me disculpe por lo que he dicho, pero…, no voy a hacerlo, fuiste bastante borde conmigo.

—Yo quería pedirte disculpas por lo ocurrido anoche, pero se me han quitado las ganas —reprochó.

—Me parece perfecto, que tengáis muy buen día, chicos. Adiós —me despedí y finalicé la llamada.

Álex no dejaba de mirarme perplejo, sin entender qué había sucedido en esa conversación, de modo que tuve que explicarle lo que pasó la noche anterior.

—Pero ¿ese chico te gusta? —Álex se interesó, refiriéndose a César.

—A ver… Es guapo, eso es innegable, físicamente está genial, pero tiene algo que me recuerda a alguien que me gusta mucho y eso es lo que me atrae de él —confesé.

—Si hay alguien que te gusta mucho, ¿no sería más lógico que intentes algo con ese alguien? —indagó.

—No, imposible… No está a mi alcance —respondí sin pensar, antes de terminarme el café.

—¿Que no está a tu alcance? ¿Por qué?

—Es un famoso —atiné a decir.

—¿En serio? ¿Qué famoso te gusta? —inquirió, jocoso.

—¡A ti te lo voy a decir! ¡Para que no dejes de burlarte de mí!

—Prometo no burlarme —insistió.

—No te lo voy a decir.

—Está bien —aceptó—. Entonces, ¿vas a conocer a ese chico?

—No tengo interés en conocer a nadie —espeté.

—Mira que eres borde, ¡eh! —me acusó al mismo tiempo que resoplaba.

—No es que sea borde, ¿me meto yo en tu vida amorosa? —dije con tono defensivo.

—No, tienes razón, no lo haces. Pero como somos amigos, pensé que podía opinar —argumentó con gesto serio.

Sus palabras y su gesto consiguieron que analizara brevemente mi reacción y fui consciente de que Álex no merecía que le respondiese así, por lo que me disculpé de inmediato:

—Álex, lo siento… ¡Joder! Perdóname, por favor.

—No te preocupes, no hay nada que perdonar. Aunque me gustaría que tuvieras confianza conmigo —indicó, mostrando una tierna y encantadora sonrisa.

—La tengo —admití.

—No es lo que percibo. ¿Por qué no quieres conocer a nadie?

—Pues quizá sea porque me he dado cuenta de que no necesito tener a alguien a mi lado para estar bien conmigo misma —declaré con convicción.

—Bueno, eso está genial. ¿Ahora te sientes bien contigo misma? —quiso saber.

—Muy bien, siento que me he perdonado por haber sido la chica ingenua que se dejó influenciar y arrastrar por un chico —expliqué con fingido orgullo.

—¿Lo querías?

—Supongo que sí —respondí, ahogando un suspiro—. Puede parecer extraño, pero a día de hoy no sé con certeza cuál era el sentimiento que tenía hacia él. Yo pensé que estaba enamorada, sin embargo, con el tiempo me di cuenta de que no era así. En nuestra relación hubo muchas carencias…

—¿A qué te refieres? —se interesó.

—No había respeto. Gael no valoraba mis sentimientos y yo, como respuesta, comencé a no reconocer sus necesidades o sus deseos. Perdimos la confianza que hubo en algún momento entre nosotros, al igual que la empatía y el compromiso… —expliqué con melancolía.

—¿A día de hoy qué sientes por él? —preguntó de nuevo.

—Es complicado, no sé definir lo que siento por él. —Quise evadir el tema e intenté cambiar la dirección de la conversación—. Por cierto, ¿por qué se rompió tu matrimonio?

—¿No sabes definir lo que sientes por tu ex? ¿Eso qué quiere decir? —intentó averiguar.

—No quiere decir nada, simplemente, me es muy complicado explicar lo que siento.

—¿Eso significa que si vuelve a tu vida cabe la posibilidad de que le des una oportunidad? —inquirió, mostrando bastante interés.

—No, eso nunca —respondí con total seguridad—. ¿Y tú por qué evades contestar a mi pregunta?

—No es así, solo quería aclarar tu respuesta —indicó, sonriente—. La verdad es que Fabiola y yo nos casamos muy jóvenes y la convivencia fue un auténtico infierno. Discutíamos por todo, nos dimos cuenta de lo distintos que éramos y, peor aún…, no queríamos lo mismo.

—¿Qué tal lo llevaste? —mostré interés.

—Muy mal, lo tomé como un fracaso en mi vida. A pesar de todo, la echaba de menos; poco tiempo después, ella comenzó a salir con el que sigue siendo su pareja, y eso me causó más dolor aún.

—¿Llegaste a superarlo?

—Sí, hace bastante. Es cierto eso de que el tiempo cura las heridas.

—Sí, solo que a veces la cicatriz sigue doliendo… —mascullé con la mirada perdida.

19

Bien entrada la noche, llamaron al timbre de mi apartamento. Miré a través de la mirilla con desconfianza y sonreí por primera vez en el día al ver a Álex al otro lado de la puerta.

—Buenas noches, letrada —me saludó con una sonrisa de las que hacen olvidar un mal día—. ¿Estás bien? No has ido a tu despacho y tienes el móvil apagado. —Cerré los ojos al recordar que se quedó sin batería y olvidé ponerlo a cargar—. Estaba preocupado por ti —expuso, apoyándose en el marco de la puerta; de lo atractivo que se veía parecía que estaba posando.

—Estoy bien. ¿Quieres tomar algo? —le ofrecí, invitándole a pasar.

—Un vino estaría bien —aceptó, acercándose al sofá.

Al volver al salón con dos copas de vino, me percaté de que Álex tenía algo envuelto en papel de regalo entre sus manos.

—Esto es para ti —indicó, ofreciéndome el regalo.

Me sorprendió de manera extraordinaria; llevaba mucho tiempo sin recibir regalos, detalles o sorpresas.

—¿Para mí? ¿Por qué?

—No es nada valioso ni importante, ábrelo.

Al romper el papel de regalo, vislumbré un marco de fotos. Una vez desenvuelto, comprobé que se trataba de una foto en la que aparecíamos Álex y yo mirándonos sonrientes mientras brindábamos en Nochevieja; e inevitablemente, los ojos se me llenaron de lágrimas.

—¿Qué pasa? ¿No te gusta? —preguntó preocupado—. Como no tienes ninguna foto, pensé que quizá te gustaría poner esta en alguna parte. Cuando sonríes, se te ve deslumbrante y ahí tienes una sonrisa preciosa —justificó con gesto confuso.

—Gracias. Me gusta, es… una foto fantástica. Gracias por tener este detalle tan significativo conmigo —expresé emocionada.

—No te pongas sentimental porque no te reconozco; tú sueles ser más borde —declaró divertido y, acto seguido, cambió su gesto y su tono para preguntar—: ¿Me vas a decir qué te pasa?

—Nada, no me pasa nada —contesté al mismo tiempo que una lágrima recorría mi mejilla.

—Sé que algo sucede. Te recuerdo que somos amigos y me tienes para lo que necesites. Tanto para tomar un vino como para contarnos las penas… —puntualizó mientras se acomodaba en el sofá, esperando mi respuesta.

—Hoy sería el cumpleaños de mi hermano —dije, tragando saliva.

—Eso explica tu estado anímico —comentó con gesto afligido.

—A pesar de que los recuerdo cada día de mi vida, hay fechas en las que la ausencia duele más —me sinceré, refiriéndome a mi familia.

—¿Puedo abrazarte? —preguntó al mismo tiempo que dejaba la copa de vino sobre la mesa.

—Te agradezco que lo hagas —admití, dejándome envolver entre sus brazos, y descansando la cabeza en su hombro, aspiré su olor. Ese olor me hacía viajar en el tiempo, era lo único que mantenía de su época en la universidad. Bueno, el olor y la sonrisa.

Esa noche, Álex volvió a dormir a mi lado. Nuevamente, me visitaron los fantasmas del pasado y Álex despertó sobresaltado por el grito que di al escapar de aquella horrible pesadilla. Como era de esperar, se interesó por qué fue lo que motivó que hubiera gritado, pero obtuvo la misma respuesta de siempre; le dije que no lo recordaba.

20

Justo al salir del juzgado, escuché mi nombre. Me giré y me sorprendió comprobar que se trataba de la fiscal.

—Letrada, discúlpeme —dijo al mismo tiempo que se aproximaba a mí.

—No se preocupe, señora Sarmiento; puede llamarme Daniela, por favor.

—Daniela Castro, ¿cierto?

—Así es.

—¿Conoces a Gunther Schmidt? —indagó.

—Sí, ¿por qué lo pregunta? —La incertidumbre y los nervios se adueñaron de mí.

—Eso no es lo importante. Me comentó que necesitaba localizar a una abogada que había ejercido en España, y cuando me dijo tu nombre, le respondí que ya estabas localizada.

—¿Le ha dicho para qué me busca? —quise saber sin rodeos.

—Sí, me contó lo sucedido en Múnich —admitió con gesto serio—. Gunther me pidió que te advirtiera que sería conveniente que tomes las precauciones necesarias.

—Lo tendré en cuenta. Gracias, señora Sarmiento.

—¿Necesitas algo?

—No, nada.

—Sabes perfectamente cuál es el funcionamiento.

—Sí, por eso mismo… No tengo nada a lo que acogerme.

—Daniela, cuídate.

—Gracias, señora Sarmiento.

Mientras me dirigía al coche, con la cabeza puesta en lo sucedido al salir del juzgado, recibí una llamada de un número desconocido. Se trataba de César; quería verme para disculparse conmigo. No tenía intención alguna de hablar con él, pero su llamada llegó en un momento en el que cualquier distracción sería adecuada para mi mente.

Quedamos en vernos en una cervecería. Me dirigí hasta allí y, al entrar en el establecimiento, vi a César en una de las mesas altas frente a una cerveza. Nuestras miradas se cruzaron y me dedicó una seductora sonrisa. Prometo que cada vez que lo veía sonreír, yo visualizaba a Álex. Me acerqué hasta él y nos saludamos con dos besos y mucha tensión.

Tras una interesante conversación, ambos nos disculpamos con el otro y decidimos comenzar de cero. Sorprendentemente, me agradó la compañía de César; hablamos de temas triviales durante mucho tiempo, tanto que, al salir de la cervecería, estaba anocheciendo.

Los días posteriores no dejé de darle vueltas a la breve conversación que mantuve con la fiscal. En su momento, decidí vivir aceptando que lo haría con miedo, pero no iba a permitir que me limitase. Y a pesar de prestar atención a todo lo que sucedía a mi alrededor, conseguí mi objetivo y no pensaba cambiar mi forma de vivir.

21

César tomó como costumbre darme los buenos días todas las mañanas con un guasap. Se interesaba por cómo me había ido el día y, poco a poco, se introdujo en mi vida. Nos veíamos con bastante asiduidad y, al menos una vez a la semana, cenábamos juntos.

Una noche, después de cenar en su restaurante preferido, dimos un paseo aprovechando la buena temperatura. Al cabo, terminamos sentados en un banco, comiendo un helado y, entre risas, dijo:

—¿Ese sabor está bueno?

—Por supuesto —respondí, dando un lametón a mi helado de tramontana.

—¿Puedo probarlo?

—Sí, claro. Todo depende de lo escrupuloso que seas —indiqué, ofreciéndole mi helado.

—Prefiero probarlo de tus labios; ¿puedo? —preguntó, mostrándome esa sonrisa que me recordaba a Álex y, pensando en mi amigo, asentí sin más.

Con suavidad, acercó sus labios a los míos; estaban fríos por el helado, pero su beso fue dulce y cálido.

A partir de ahí, nos besábamos a escondidas de la vista de los demás, hasta que un día, en el que me encontraba en la terraza de un bar con Úrsula, Nando, Sergio, Álex y Matías, llegó César y, tras saludar al resto, se acercó a mí dándome un beso en los labios. No sé por qué, pero mi reacción fue mirar a Álex y este no se inmutó. Úrsula soltó un gritito de los suyos y comenzó a hacer preguntas. A Sergio se le tornó el gesto y estuvo más callado que de costumbre. Y yo, yo no sabía por qué César había decidido pasar de besarnos a escondidas a hacerlo en público y ante todos mis amigos.

Fueron varias ocasiones en las que César me sugirió de manera sutil que pasáramos la noche juntos en mi piso. Nunca lo invité a que se quedara… Tampoco acepté ninguna de las veces que me pidió que pasara la noche con él. ¿Por qué? No confiaba en nadie lo suficiente como para permanecer dormida a su lado. Diréis: «con Álex sí que has dormido». Y tenéis razón, porque en Álex sí confiaba. Algo que César me demostró que no le agradaba nada. Os cuento por qué: una de las noches en las que Álex me visitaba, llovía a cántaros; se trataba de una tormenta de primavera, pero no quería que condujera bajo la lluvia y le pedí que se quedara a dormir. A la mañana siguiente, llamaron temprano a la puerta.

—¡¿César?! ¿Qué haces aquí tan temprano? ¿Ha pasado algo?

—Buenos días, princesa.

No soportaba que me llamara «princesa», pero él parecía no recordarlo o, quizá, le importaba más bien poco.

—Buenos días.

—Tenemos que hablar —advirtió emocionado y caminó hasta el pequeño salón de mi piso—. Anoche estuve pensando mucho y no podía esperar más para hablar contigo.

—¿De qué se trata?

En ese preciso momento, apareció en la estancia Álex, despeinado, somnoliento y sin camiseta. —¿Hay alguna palabra que defina ser mucho más que sexi?— Perdón, que me desvío del tema. César lo miró de arriba a abajo; después, puso la vista sobre mí y dijo:

—Está claro que he venido en mal momento, será mejor que me largue.

—¿Mal momento? ¿Por qué dices eso, César? —pregunté, yendo tras él.

—Dices que te gusta dormir sola, que de lo contrario no puedes conciliar el sueño. Pero con él sí puedes dormir... ¿Verdad? ¿O ni siquiera habéis dormido? —espetó con hosquedad.

—No tengo por qué darte explicaciones, pero te aclaro que te confundes. Entre Álex y yo no ha pasado nada. Tan solo ha dormido aquí porque no me pareció bien que condujera anoche con la que estaba cayendo.

—Si no tienes por qué darme explicaciones, ¿por qué me las das? —expresó, enfurecido.

—Porque no quiero que pienses equivocadamente.

—¿Sabes? Tenía la intención de que hiciéramos oficial lo nuestro, pero ya veo...

—¿Lo nuestro? —le interrumpí—. ¿Qué es lo nuestro?

—Lo que hay entre nosotros.

—César, entre nosotros no hay nada —aclaré.

—¿Ah, no? Pues yo estoy seguro de que «nada» no es lo que define lo que hay entre nosotros. Evidentemente, hay algo. Lo único que no hacemos es compartir la cama porque eso lo haces con tu gran amigo —volvió a atacar sin cambiar el tono de enfado.

—En ese caso, creo que lo mejor será que no vuelva a ocurrir nada. Eres fantástico, pero ni quiero ni busco tener pareja, al igual que no quiero dormir o vivir con alguien. Quiero estar sola.

—Pensé que te gustaba —indicó, confuso y dolido.

—Y me gustas. Pero… César, sé que está muy manido; sin embargo, en este caso es totalmente cierto, el problema está en mí. No es por ti, sino por mí.

—Tienes razón, está muy manido. En caso de ser cierto, solo puedo decirte que sigas sola, tal y como quieres. Pero piénsalo bien, no vaya a ser que te arrepientas y el tren haya dejado la estación.

—César, te deseo lo mejor.

Reconozco que me quedé hecha polvo al ver a César desaparecer por las escaleras del edificio; me sentía mal porque tenía la sensación de haberle hecho daño y nunca fue mi intención. Tras unos segundos sumida en mis pensamientos, entré en mi piso y cerré la puerta, dejando escapar un suspiro. Álex estaba frente a mí; ya se había aseado, peinado y terminado de vestir, realmente era un espectáculo de hombre.

—Siento mucho haberte causado problemas con él —lamentó Álex.

—No te preocupes, tú no has causado ningún problema —aclaré.

—¿Lo habéis solucionado?

—¿A qué te refieres?

—A lo vuestro.

—No existe un «nuestro». César es un gran chico, con el que me río mucho y me hace sentir bien. Es innegable que es guapísimo y tiene un cuerpo que invita al deseo, pero… yo no estoy preparada para tener pareja y, aunque lo estuviera, César no sería la persona con la que yo querría compartir mi vida —expliqué ante su atenta mirada.

—¿Estás bien?

—Sí. Es solo que me da la sensación de que, sin ser consciente, le he hecho daño.

—No te preocupes, se le pasará. En unos días podréis hablar más calmados —intentó tranquilizarme.

—Gracias, Álex.

—No hay de qué, Dani.

Me acogió entre sus brazos y me sentí bien; ese lugar tan concreto me hacía sentir tranquilidad, paz, protección, cariño… Me gustaba estar entre sus brazos.

Esa tarde recibí la llamada de mi amigo Sergio; respondí saludándole con entusiasmo, en cambio su respuesta fue con un tono que no esperaba:

—¿Se puede saber qué mierda estás pensando?

—¿Qué?

—¿Te has acostado con Alejandro?

—No.

—¿Habéis jugado a las cartas durante toda la noche, no?

—Tampoco; hemos dormido juntos. Palabra clave: dormido —manifesté con hosquedad.

—No me vengas con sandeces. Ese tipo te gusta; ¿quieres que crea que has dormido a su lado y no habéis hecho nada?

—¿Sabes qué te digo? Que pienses lo que te venga en gana. Y te recuerdo que yo no tengo que dar explicaciones a nadie de lo que haga con mi vida. ¡Puedo acostarme con quien me dé la gana, comprarme un avión o hacer parapente!

—¿Comprarte un avión? ¿Tanta pasta manejas, cabrona?

—Vete a la mierda, Sergio —solté antes de finalizar la llamada con un enfado monumental.

Cuarenta minutos más tarde tenía a Sergio llamando a mi puerta, cargando varias bolsas con comida japonesa para cenar conmigo.

—¿Qué quieres? —pregunté, malhumorada.

—Traigo la cena; ¿qué crees? —expuso, levantando las bolsas y mostrando una sonrisa cómplice.

—Eres un idiota.

—No diré que no, pero tú eres una estúpida.

—¿En serio?

—Debes de reconocer que, cuando quieres, eres bastante estúpida —indicó de manera simpática—. Aunque, por lo visto, una estúpida con mucho dinero. ¿Cuándo vamos a ir a ver ese avión? ¿Existe un concesionario de aviones?

—Entra, tontorrón —le invité a pasar, aguantando una sonrisa.

Tras cenar y hacer las paces, Sergio quiso aclarar el motivo de la llamada que nos hizo discutir.

—César es un buen tío, ¿sabes?

—Sí, lo sé.

—¿Tienes algo con Alejandro?

—Nada.

—Pero te gustaría —inquirió.

—Sergio, no estoy preparada para tener pareja.

—Según me dijiste, tu psicólogo piensa lo contrario.

—Sí, pero yo no me encuentro preparada. Tampoco hay necesidad, no es algo necesario para vivir. Si no, mírate a ti.

—Desde luego, sigo viviendo…

—¿Dejamos el tema?

—Está bien —aceptó de inmediato.

22

—¿Irás con César a mi boda? —preguntó Úrsula, dirigiéndose a mí antes de darle un trago a su copa de vino.

—No. Voy a pedirle a Álex que sea mi acompañante.

—¿Y eso? —Se dibujó una sonrisa picarona en su rostro; dejó la copa y se acercó más a mí.

—Porque es mi amigo y me parece buena idea que asistamos juntos.

—Ya, por eso y porque te lo comerías sin dudarlo.

—¡Úrsula! —exclamé, fingiendo estar ofendida.

—Daniela, estamos solas. No tienes que mentir... Cuéntame. ¿Por qué has descartado a César? Hasta donde tengo entendido, salís juntos.

—Te equivocas, no salimos juntos. César y yo no somos nada. ¿Puedo confesarte algo y prometes que no saldrá de aquí?

—La duda ofende, querida —dijo, inclinándose hacia mí.

—César es un chico fantástico; todo con él era... formidable.

—¿Te refieres a que es una fiera en la cama?

—Solo piensas en eso... Me das mucha pereza. ¿Me dejas terminar? —Mi amiga asintió, mostrándose atenta—. Por mucho que la sonrisa de César me recuerde a Alejandro, no es él. Además, César ha salido de mi vida.

—¿Qué me dices? ¿Por qué? Ese chico está para pedirle un favor.

—Porque César quiere más de mí y yo no puedo darle más; a veces tiene un comportamiento que me descoloca por completo, me hace pensar que es posesivo y no quiero estar cerca de alguien así. Y para colmo, se presentó en mi piso una mañana en la que Alejandro se había quedado a dormir... —expliqué.

—A ver, a ver. Cuéntame despacio y con detalles qué sucedió exactamente.

Tras contarle lo ocurrido aquella mañana, mi amiga cogió mi mano y, mirándome a los ojos, dijo:

—No olvides que el poder de decidir en tu vida siempre lo tendrás tú.

—Qué profundo... —dije con tono jocoso, intentando quitarle intensidad al momento.

—Daniela, lo importante es que estés bien y te encuentres cómoda con la persona que tengas a tu lado.

—Ahora mismo no me encuentro muy cómoda con la persona que tengo a mi lado; se está poniendo demasiado tontorrona... —declaré, fingiendo disgusto.

—¡Mira que eres idiota! No se puede ser cariñosa contigo... —protestó, indignada, levantando la voz. Eso me hizo reír; ella se contagió y terminamos llorando de la risa y con dolor de mandíbula.

Conduje hasta Ciudad Real para llegar a la prisión donde me reuniría con mi cliente. Se trataba de un caso bastante complejo, ya que se encontraba recluido por arrebatar la vida a cuatro personas. Él no pretendía quedar libre, incluso se declaraba culpable, pero no estaba de acuerdo con la pena que la fiscalía solicitaba, ya que él consideraba que la gravedad de sus delitos no correspondía con la condena que se pretendía aplicar. Y lo complejo del caso era debido a que mi cliente asesinó a dos hombres y dos mujeres; la primera víctima era responsable de siete violaciones a mujeres, una de ellas la cometió cuando disfrutaba de un permiso penitenciario; la segunda era una mujer que le arrebató la vida a dos de sus parejas con ayuda de sus amantes; la tercera era un pederasta con varios delitos a sus espaldas que ponían la carne de gallina; y la última víctima era una mujer que, por celos, le quitó la vida a los hijos de su pareja y a la exmujer de este. Mi cliente estaba de acuerdo con cumplir condena, pero, según él, sus delitos, a pesar de ser delitos de asesinato, estaban justificados porque, de manera indirecta, les había salvado la vida a otras personas. Ese caso me traía de cabeza y me dejó varias noches sin dormir; me las pasaba frente al ordenador, tomando café y pensando en cómo llevar el caso. Me encontraba agotada mentalmente y discutía por lo más mínimo; mi grado de irascibilidad había aumentado notablemente, de modo que decidí no ver a nadie en unos días, de lo contrario, me quedaría sola por inaguantable.

23

Como siempre que terminaba una sesión con mi psicólogo, iba pensando en todo lo que habíamos hablado. Caminaba por el centro de la ciudad en dirección al *parking* en el que había dejado el coche; afortunadamente, había decidido cómo orientar el caso que tanto me preocupaba y, por lo tanto, estaba mucho más tranquila. Sin embargo, esa tranquilidad se vio alterada al encontrarme de frente con Álex en compañía de una chica a la que llevaba agarrada por la cintura. Al presenciar aquello, inexplicablemente me sentí molesta y dolida, pero no podía dejar que Álex lo percibiera.

—¡Hola! —saludé, intentando aparentar normalidad.

—¡Hola, Dani! —respondió él.

—¿Qué tal?

—Te presento a Elisa, ella será mi acompañante en la boda de Nando y Úrsula.

—Ah, genial. Encantada de conocerte, Elisa —declaré, interpretando el mejor papel de mi vida.

—Igualmente, Dani.

—Daniela, por favor. Dani solo me llaman mis amigos de la adolescencia —aclaré, obligándome a ser simpática.

—Ah, disculpa.

—No te preocupes, ha sido culpa de tu acompañante, que no me ha presentado como es debido —indiqué, mientras le dedicaba una forzada sonrisa cómplice a Álex—. Bueno, pues os dejo; tengo prisa, pero nos vemos en la boda. Ha sido un placer, Elisa. Hasta pronto.

—Igualmente —respondió ella, con una sonrisa jodidamente perfecta.

—¡Luego te llamo! —voceó Álex, mirándome, y le respondí con una fingida sonrisa.

Justo al llegar al *parking*, recibí una llamada de la fiscal para que nos reuniésemos en el juzgado, de modo que fui directa hacia allí. Al entrar al edificio, como de costumbre, silencié el móvil y, al finalizar la reunión, regresé al despacho para realizar unos trámites que habían surgido respecto a un caso. Poco después, llamaron al portero automático. Esperaba a Úrsula, así que abrí la puerta con total confianza, pero tras ella se encontraba Álex con ese aspecto tan atractivo que siempre le acompañaba.

—¿Qué haces aquí? —pregunté, sorprendida.

—Si no contestas a mis llamadas, me obligas a venir a buscarte —explicó.

—Lo siento, estaba reunida y silencié el teléfono.

—¿No me vas a invitar a pasar?

—No necesitas invitación; pasa. ¿Quieres un café? —Me hice a un lado para que pasara.

—Claro.

Volvieron a llamar a la puerta y Álex abrió, mientras yo colocaba la cápsula de café en la cafetera:

—¡Hola, Alejandro! —saludó Úrsula—. ¿Qué tal? ¿Ya te ha pedido Daniela que seas su acompañante? —preguntó, entusiasmada, provocando que dejara el café sobre la encimera y me dirigiese rápidamente a su encuentro.

—¿Su acompañante? —preguntó Álex, extrañado.

—Sí, para mi…

—¡Hola, Úrsula! —exclamé, interrumpiendo lo que iba a decir.

—¿Ibas a pedirme que fuera tu acompañante? —preguntó Álex, mirándome, desconcertado.

—No —mentí de manera convincente.

—¿Entonces? —quiso saber.

—Úrsula lo entendería mal; le comenté que te diría que yo iba a ir sin acompañante.

—¿Seguro? —Álex preguntó con desconfianza.

—¡Por supuesto! —exclamé con seguridad y dirigí la mirada hacia mi amiga—. Úrsula, ¿quieres un café?

—Sí, por favor —contestó, poniendo los ojos en blanco.

Después de una conversación intrascendente entre los tres durante aproximadamente una hora, Álex se marchó, dejándome a solas con Úrsula.

—A ver, cuéntame qué ha pasado —se interesó mi amiga por lo sucedido.

—Me lo encontré esta mañana con una chica y me la presentó como su acompañante a tu boda —expliqué con resignación.

—¡Noo! —negó, incrédula, abriendo exageradamente los ojos.

—Sí —reafirmé.

—Lo siento… —se disculpó, apenada.

—No te preocupes —le quité importancia al hecho de que, ya que había decidido dar un paso con el chico en el que pensaba durante todo el día, me llevé una hostia a mano abierta, hablando de manera metafórica.

—¿De verdad vas a ir sola? —preguntó con pesadumbre.

—¡Por supuesto! Más probabilidades de ligar, ¿no? —respondí animadamente.

—¡Esa es mi amiga! —exclamó, risueña, guiñándome un ojo.

En realidad, esa no era su amiga; era quien fingía ser su amiga. Simulaba estar animada cuando en realidad me encontraba hundida, simulaba estar bien cuando estaba mal de narices, simulaba querer conocer chicos cuando solo deseaba pasar el tiempo junto a Álex.

24

Las semanas previas a la boda de Úrsula y Nando me encontraba inmersa en un nuevo caso; además, era bastante complicado, mi función era la de representar y defender al acusado. Me convencí de que el hecho de que tuviera que entrar al juzgado como acusado se trataba de un gran error. Estaba dispuesta a defenderlo con tal ahínco que me pasaba las noches despierta repasando el caso una y otra vez, hasta que encontré algo que me hizo sospechar que mi cliente era culpable de dos muertes. Comencé a revisar desde el principio, investigué los hechos con la intención de esclarecer lo que sucedió realmente y todo me indicaba que el culpable era la persona que me había contratado.

Decidí reunirme con mi cliente y ser lo más clara posible con él en este tema, de modo que lo visité en el módulo de prisión en el que se encontraba.

—Buenos días, Daniela. Qué gusto verte, siempre es una alegría encontrarme contigo, puesto que eres la única persona que me da esperanza en mi vida.

Mi cliente era un joven de veintitrés años, educado, culto, inteligente, astuto y mentiroso.

—Buenos días, Omar.

—¿Tienes noticias sobre mi caso?

—Se puede decir que sí.

—Estupendo, cuéntame —expuso, animado.

—Vengo a comunicarte que dejo de encargarme de tu defensa; debes buscar otro abogado a la mayor brevedad.

—¿Por qué, Daniela? ¿Qué sucede?

—Analizando tu caso, he determinado que me genera un conflicto de interés por el cual me es imposible defenderte.

—¿Me puedes explicar qué pasa?

—Pasa que no tengo objetividad en tu caso, puesto que estoy convencida de que eres culpable.

—¡¿Qué dices?! ¡¿Te has vuelto loca?! —bramó, levantándose bruscamente de la silla.

—No, no me he vuelto loca. Siéntate, por favor —se sentó nuevamente, mirándome con gesto agresivo—. Te voy a contar lo que creo que pasó: saliste de fiesta con tu compañero de piso y con una amiga en común, la cual no solo te gustaba, sino que te habías obsesionado con ella. De algún modo descubriste que había algo entre ellos y, al salir de la discoteca, te ofreciste a conducir tú. Supongo que algo dentro de ti te torturaba y decidiste salirte de la carretera y estrellar el coche que conducías contra un muro, para acabar con tu sufrimiento y con la relación que tenían las dos personas que te acompañaban en el coche.

—Jonathan sabía que estaba loco por ella. Me traicionó, ese malnacido me traicionó. —Golpeó con fuerza la mesa—. Yo pensé que era mi amigo y me la jugó.

—Te equivocas, Omar. Jonathan y Nuria eran pareja desde hace un año, estaban juntos antes de que conocieras a Nuria. Pero lo llevaban en secreto para evitar hacerte daño, porque cuando Jonathan te presentó a Nuria, estabas pasando por un mal momento y le dijiste que esa chica sería tu salvación. Por eso te lo ocultaron —enfaticé.

—Vete a la mierda, Daniela —se volvió a levantar y lanzó la silla contra la pared—. Tú quieres que me pudra en la cárcel y yo no tuve la culpa, fue un accidente.

—Sabes que no; es más, me lo has confirmado en esta conversación.

—¿Tienes pruebas de lo que dices?

—No, pero tengo la certeza. Además, yo no necesito pruebas; no soy quien debe juzgarte —concluí al tiempo que me levantaba con la intención de marcharme—. Espero que te vaya bien aquí, Omar.

—Esto no va a quedar así. ¡Tú debes defenderme! —gritó, enfurecido, apuntándome con el dedo.

—Adiós, Omar.

25

Llegó el día de la boda de Nando y Úrsula. Después de una ceremonia preciosa en la que todos los invitados aplaudimos emocionados en el momento en el que los novios se besaron, Álex se acercó para saludarme y, de paso, me hizo un chequeo completo.

—¡Estás preciosa, Dani! El rojo te queda... estupendamente.

—Muchas gracias, tú estás más guapo que de costumbre.

—¿Quieres decir que soy guapo?

—No te hagas el inocente conmigo —repliqué, divertida.

Ambos sonreímos y Álex continuó hablando:

—Me han comentado que has rechazado un caso que habías aceptado previamente; ¿es cierto?

—Sí.

—¿Por qué?

—Conflicto de intereses; mi experiencia personal puede influir en la objetividad del procedimiento.

—¿Cómo se lo ha tomado?

— Muy mal —aseguré.

—¿Necesitas algo?

—Sí, un caso fácil. Los últimos casos que he tenido me están robando demasiadas horas de descanso.

—Eres una gran abogada; por eso aquellas personas que presentan casos complicados recurren a ti.

Nos avisaron de que era la hora de tomar asiento, por lo que nos dirigimos a la mesa destinada a los amigos. Antes de sentarse junto a su acompañante, Álex me presentó a los amigos que tiene en común con Nando, gracias a los cuales pasé una velada muy divertida, en la que evité mirar a Álex para no hurgar más en la herida; no había necesidad de ver cómo tonteaban aquellos dos ante mí.

Llegado el momento de la barra libre, todos dejamos nuestros asientos y nos dirigimos a la zona de baile.

Traté de seguir ignorando a Álex como hasta ese momento, aunque me resultó realmente complicado. En la pista de baile presencié cómo su acompañante le acariciaba el cuello antes de besarle en los labios y sentí un punzón de dolor en el interior de mi pecho. De inmediato, me encaminé hacia la barra y le pedí al camarero un vaso de agua. En ese instante, se me acercó uno de los amigos de Nando y de Álex:

—¿Agua? ¿En serio? —preguntó con tono divertido.

—Sí, necesito agua —repuse antes de beber un trago.

—¿Estás bien? —se interesó, aún con gesto preocupado.

—Sí, muy bien —aseguré de manera convincente, o, al menos, eso pensé.

—Acompáñame, por favor.

—¿A dónde?

—A un lugar en el que podamos hablar —puntualizó.

—¿Qué te hace pensar que ahora mismo quiero hablar?

—Has pedido un vaso de agua; creo que tus planes no son mucho más emocionantes... —argumentó mostrando una mueca burlona.

—Tienes razón... —admití mirando mi vaso de agua.

Nos apartamos del ruido y de la gente, caminamos por el jardín y tomamos asiento en una hamaca frente a la piscina iluminada.

—¿Qué sientes por Álex? —preguntó sin rodeos.

—¿A qué te refieres? —le miré a los ojos.

—La pregunta es fácil. Me pareces una chica bastante inteligente, por lo que deduzco que si haces la pregunta complicada, es porque quieres tomarte el tiempo necesario para preparar la respuesta correcta.

—¿Cuál era tu nombre? —pregunté sonriente por su deducción.

—Erick.

—Erick, ¿a qué te dedicas?

—Soy psicoanalista.

—Me cuadra… —reí.

—¿Te has tomado ya el tiempo suficiente para responder a mi pregunta? —Él también rio.

—¿Qué crees que siento por Álex para que me hagas esa pregunta?

—¡Tienes que ser muy buena abogada! —exclamó de manera divertida—. Yo creo que sientes por él algo más que esa amistad de la que presumís tanto. Intentas ocultarlo e incluso quieres pensar que no es así, pero lo cierto es que sientes algo muy fuerte por él.

—Tú también eres bueno en tu profesión, no cabe duda. Ahora te voy a pedir un favor —claudiqué.

—Dime.

—Ni una palabra de eso a Álex ni a nadie —murmuré.

—De acuerdo, pero a cambio tienes que decirme por qué no le haces saber lo que sientes.

—Porque no quiero perderlo.

—¿Por qué crees que lo perderías? —continuó interrogándome.

—Porque eso funciona así; el amor no existe, las relaciones son banales —concluí.

—¿Tus padres están juntos?

—Murieron hace unos años.

—Lo siento mucho. ¿Eran pareja en el momento de su fallecimiento?

—Sí.

—¿Crees que se amaban?

—No tengo ninguna duda de ello.

—¿Entonces por qué no crees en el amor?

—Por experiencia propia —contesté cabizbaja.

—Lo que te haya sucedido con unas personas no determina lo que te depare el futuro con otras. Has de aprender a no volcar las inseguridades creadas por una mala experiencia en una nueva relación.

—Eso tiene toda la lógica y suena muy bien; si se tratase de otra persona, quizá me atrevería, pero no con él. No puedo arriesgarme a que se aleje de mí.

—¿Y si por el contrario se acerca más? ¿Y si sois felices juntos? —cuestionó.

—Sí, justo lo que necesita ahora es que vaya a decirle lo que siento por él, mientras tiene la lengua en la boca de Elisa —ironicé.

—Al igual que te he observado a ti, también lo he observado a él y me he fijado en cómo te mira. Te aseguro que no mira a nadie más del mismo modo; solo ladea la sonrisa al hablar contigo y eso es lo que he podido ver en la distancia.

—Seguro que lo has malinterpretado. Me tiene mucho cariño, eso es cierto, pero te aseguro que como mujer le importo un reverendo pimiento —opiné.

—Permíteme que lo dude.

—Puedes dudarlo y pensar lo que quieras; eso no cambiará nada de…

Erick me interrumpió murmurando:

—Sígueme el rollo y presta atención a sus expresiones.

—¿Qué? —pregunté desconcertada cuando distinguí a Álex en la distancia.

—¡Hola, chicos! ¿Qué hacéis aquí tan apartados? —preguntó Álex acercándose a nosotros.

—Nada, conociéndonos un poco mejor. Gracias por presentarnos, Álex. Creo que me estoy enamorando de Daniela y sus labios son tan dulces y suaves… —respondió Erick, claro merecedor de un Óscar.

—¡¿Qué?! ¿Os habéis besado? —Álex, desconcertado, clavó su mirada en la mía.

—Sí, ¿no es maravilloso? —Erick continuó con su interpretación—. Dicen que de una boda sale otra; de aquí, al menos, saldrá una nueva pareja.

—¿En serio? Dani, ¿qué estás bebiendo? —Agarró mi vaso para dar un trago de mi bebida; al comprobar lo que contenía, me miró incrédulo—. ¿Es agua?

—Sí, ¿qué pasa? ¿Piensas que estoy bebida? —le increpé.

—¡¿Te has liado con mi amigo?! —Su gesto manifestaba decepción.

—¡¿Qué más te da con quién me lie?! —espeté malhumorada.

—Si es con un amigo mío, sí me da.

—¿Por qué?

—¡Porque sí! —exclamó angustiado.

—¡Ah, perdona! Con ese argumento ya me has convencido… ¡¿Acaso no soy buena o suficiente para tus amigos?! —bramé.

—No digas estupideces —respondió alzando un poco la voz, mostrando que estaba molesto.

—No, claro, tengo que decir lo que a ti te apetezca; pues ¿sabes qué te digo?

—A ver… ¿Qué? —farfulló.

—¡Que te den! Me largo —dije al mismo tiempo que me dirigía a la barra libre con la intención de despedirme de los recién casados.

—¡Qué bonito, letrada! —gritó.

Sin dejar de caminar y dándole la espalda, le mostré mi dedo corazón y oí un bufido.

26

Durante el trayecto a casa no dejé de pensar en lo sucedido con Álex. Estaba alterada, enfadada y molesta. Me dolía verlo con otra chica. Me fastidiaba sobremanera cuando se mostraba indiferente en cuanto a que yo saliera con alguien, pero cuando mostraba interés por mí, era yo quien huía…

Al llegar a la puerta de mi edificio, di un respingo al encontrarme de manera inesperada con alguien.

—Daniela.

—¡Joder! —exclamé sobresaltada.

—Perdona, ¿estás bien?

—¿César? Me has asustado… ¿Qué haces aquí tan tarde? —cuestioné aún con el corazón acelerado.

—Esperarte. Sergio me comentó que estabas en una boda y decidí esperar a que volvieras.

—¿Ocurre algo? —me preocupé de inmediato pensando en Sergio.

—Sí, que te echo de menos —respondió acercándose a mí.

—César, no es el mejor momento; no he tenido una buena noche.

—Deja que intente mejorarla. —Me besó en los labios de forma repentina.

Reaccioné apartándome de él con celeridad. En ese mismo instante, escuché el sonido del motor de un vehículo y dirigí la mirada hacia el lugar de donde provenía dicho ruido. Un coche se encontraba parado cerca de nosotros. Vislumbré a una persona en su interior y, al mirar con atención, me encontré con Álex y sus ojos azules clavados en mí. Al cruzarse nuestras miradas, bajó la vista y se marchó.

—César, agradezco tu intención de mejorar mi noche, pero ya dejamos las cosas claras entre nosotros y ahora solo quiero irme a dormir. Buenas noches —me despedí de César de manera cordial, dejándolo allí y preguntándome con qué intención había decidido Álex venir hasta aquí en este momento.

27

ALEJANDRO

Allí estaba la mujer por la que comencé a sospechar que perdería la cordura. Me costaba horrores concentrarme en cualquier asunto porque no dejaba de pensar en ella y de idear una estrategia con la que poder conquistarla... Realmente no tenía esperanzas en que surtiera efecto la estrategia que adopté por consejo de Nando. Mi amigo me recomendó que invitase a alguna amiga a acompañarme a su boda para despertar los celos de Dani. El caso es que, para sentir celos, debía sentir algo por mí y no tenía claro que ella sintiera por mí algo que no se tratase de amistad.

Ese vestido rojo le quedaba como un guante. Siempre lucía preciosa, pero ese día se veía realmente espectacular. Durante la ceremonia no pude dejar de observarla; ella ni siquiera se percató de que yo estaba allí. Tras el «Sí, quiero» y el beso de los novios, me acerqué a Dani para saludarla; inevitablemente la examiné de arriba a abajo. Aquella mujer que me robaba el sueño estaba deslumbrante.

Tomamos asiento en la mesa correspondiente; afortunadamente, nos habían ubicado en la misma y le presenté a los amigos que tenía en común con Nando, con quienes compartíamos mesa. En el transcurso de la comida, Dani no me miró ni una sola vez. Elisa no dejaba de tontear conmigo y me sentía incómodo; yo quería estar al lado de Dani. Pero ella no dejaba de charlar con los demás, ignorándome por completo.

Una vez hubo terminado la cena, nos dirigimos al lugar donde se celebraba la barra libre. Allí había una zona dedicada para bailar a la que Elisa me llevó casi a rastras; no dejaba de tocarme, de rozarse conmigo mientras bailaba y yo no dejaba de buscar a Dani con la mirada. Ella, en cambio, paseaba por allí sin tenerme en cuenta. Era insignificante para ella y eso me estaba pateando el estómago.

Elisa me besó en los labios, me aparté con delicadeza mientras le sonreía, no quise ser grosero y, pasados unos segundos, me disculpé para ir al baño. Busqué a Dani sin éxito, hasta que Nando se percató de mi angustia y me indicó que la había visto acompañada de Erick en dirección a la piscina. Fui hasta allí desconcertado. ¿Por qué se apartarían Erick y Dani del resto de invitados?

Los encontré sentados en una hamaca junto a la piscina. Los saludé y, seguidamente, pregunté qué hacían allí. Dani me miraba abrumada y fue Erick quien contestó que se estaban conociendo e insinuó que se habían besado. ¿Se habían besado? No podía creerlo. Miré a Dani y le pregunté si aquello era cierto, pero no obtuve respuesta por su parte; intenté adivinar la respuesta en su mirada… Erick confirmó que se habían besado y que de allí saldría una nueva pareja. Aquello no podía estar pasando.

Me enfrenté a Dani, le pregunté qué bebía y, antes de que pudiera responder, le arrebaté el vaso y probé su bebida. Agua, estaba bebiendo agua. Como era lógico, Dani se molestó conmigo por pensar que estaría ebria para besarse con Erick. Discutimos y, después de dejarme claro que a mí no me importaba con quién se besara, se marchó enfadada.

Salí tras ella, pero Erick me detuvo.

Casi una hora más tarde aparqué mi coche frente al edificio de Dani con la intención de disculparme con ella y abrir mi corazón de una vez. La quería y, a pesar de que me negaba a perderla, sentía la imperiosa necesidad de decirle lo que sentía por ella. Pero, antes de bajar del coche, me percaté de que una pareja se besaba justo en la entrada del edificio. Observé con atención y distinguí a Dani. Ella se apartó del hombre que invadía su espacio; en ese momento pude comprobar que se trataba de César. Dani miró en mi dirección y nuestras miradas se encontraron. Me dolió verla nuevamente con César y, con un nudo en el estómago y un dolor indescriptible, decidí que lo mejor sería marcharme cuanto antes de allí.

28

Pasaron los días y no supe nada de Álex; ni él me contactaba ni yo a él tampoco… Me hubiera gustado llamarlo y preguntarle qué hacía aquella noche en la puerta de mi edificio, ¿qué quería? ¿Por qué se fue sin más? Lo echaba muchísimo de menos, pero quizá sería mejor así, al poner un poco de distancia entre ambos, al menos evitaría presenciar cómo salía con otras chicas… Sin embargo, no dejaba de pensar en cómo sería mi vida de no haberme aferrado a que Gael me salvara. Quizá Álex y yo nos hubiéramos dado una oportunidad. Eso nunca lo sabremos…

Lo que sabía con total certeza es que lo vería pronto. Esa misma mañana tenía un juicio y el abogado de la parte contraria era nada más y nada menos que Álex, de modo que, mientras me preparaba para salir de casa, pensaba en que lo vería en menos de una hora.

Al abrir la puerta para salir, me asusté al encontrarme con la persona que había frente a mí; ni siquiera me dio tiempo a reaccionar. Pero mi cuerpo se estremeció al ver a Gael. Raudo, se acercó a mí y sentí como algo fino y contundente presionaba mi estómago. Bajé la vista un instante intuyendo lo que podía encontrar y comprobé que se trataba de un cuchillo. Gael, encolerizado, exigió que hiciera lo que él me ordenara, me empujó y cerró la puerta tras él. Forcejeamos, pero contra su altura y fuerza poco podía hacer yo. De un solo puñetazo, me tiró al suelo contra la pared.

—Sé que fuiste tú quien envió esas pruebas. Tú eres la responsable de que haya estado preso y te aseguro que me lo vas a pagar —me acusó con desprecio.

—No te tengo ningún miedo, Gael —espeté.

—Pues deberías, pequeña.

«Pequeña», años atrás me hacía sentir especial que me llamase así. Es aterrador lo que puede cambiar una relación, una persona, un sentimiento...

—Aquí me tienes, ¿qué me vas a hacer? —pregunté con atrevimiento.

—Eres una maldita desagradecida...

—No te equivoques, Gael. Yo estaba muy agradecida contigo por todo lo que hiciste por mí, puesto que pensé que fue de manera desinteresada. Tú te encargaste de hacerme ver que fui una ingenua por la que no sentías nada.

—Yo te quería... —afirmó, apretando los dientes; su expresión reflejaba odio.

—¿Y qué ocurrió? ¿Por qué dejaste de quererme? ¿Por qué me eras infiel? ¿Por qué me menospreciabas? ¿Por qué me...? —un nudo en la garganta me impidió continuar.

Todos los recuerdos vividos a su lado me golpeaban, abriendo las heridas del pasado.

—No soportaba que hablaras con tus amigos; no podía aguantar que el imbécil de Sergio te llamase cada jodida semana —expuso, apretando los puños—. ¿Por qué crees que nos fuimos a Múnich? Para alejarte de todos ellos. Yo te quería, pero te quería solo para mí. Tú fuiste la culpable de todo. Cambió tu forma de ser, de tratarme, de mirarme; no querías acostarte conmigo...

—¿Y me culpas a mí? No dejabas que me relacionase con nadie. No podía salir de casa. No tenía amigos. Controlabas mis llamadas. Con tus menosprecios conseguiste arrebatarme la seguridad que tenía en mí misma, destruiste mi autoestima… Cada vez eras más frío conmigo. Preferías estar con tus amigos… y con tus amantes. ¡Intentaste matarme, Gael! —terminé gritando, descontrolada—. Eres un jodido interesado y yo te estorbaba para llevar a cabo tus planes de futuro.

—Fue culpa tuya, pequeña. Tú fuiste la responsable. Si te hubieras portado bien…

—¿Tú te estás oyendo?

—No tengo que oír nada. Cállate de una jodida vez. Ahora vas a ser una buena chica, te quedarás en silencio y vas a venir conmigo —exigió, agarrándome de un brazo para levantarme del suelo.

—¡No voy a ir contigo a ninguna parte! —grité al mismo tiempo que trataba de zafarme de él.

—Te estoy diciendo que vas a venir conmigo. De lo contrario, acabaré contigo aquí mismo —farfulló.

—¡Pues hazlo ya! No tengo miedo a morir, nadie va a llorar mi muerte. Termina lo que una vez empezaste… —alenté, cansada de vivir cargando con una pesada mochila.

Gael se llevó una mano a la cabeza y clavó la mirada en un punto concreto. Su expresión se tornó. Se podía percibir cómo la rabia que sentía aumentaba por milésimas de segundo. Entonces alargó la mano hacia el lugar donde tenía puesta la vista y cogió la foto que Álex me regaló.

—¿Quién es este? —preguntó, lanzando la foto contra mí.

—A ti no te importa —respondí, desafiante.

—¿Estás con él? —preguntó, acercándose más a mí—. Con ese imbécil sí sonríes.

—Ya te he dicho que nadie va a llorar mi muerte. No estoy con nadie.

—Ni lo vas a estar, pequeña. Por mucho que te pese, siempre serás mía y no olvides que yo soy el único hombre que te ha querido —me susurró al oído al mismo tiempo que me empujaba contra la pared.

En ese momento sentí como el acero del cuchillo entraba en mi cuerpo, hiriéndolo a su paso. Miré a Gael, sobrecogida, y volvió a repetir la acción.

Noté cómo brotaba un fluido por mi estómago; llevé la mano hasta la zona y, al apartarla, comprobé que la tenía cubierta de sangre. Miré a mi atacante fijamente a los ojos, esos ojos cargados de ira. Él tenía la intención de proseguir, pero se escuchó mi teléfono móvil y, durante unos segundos, se quedó quieto para después marcharse con sigilo.

Presioné mi estómago con las manos, pero la sangre se derramaba sin control. Me deslicé por la pared hasta quedar sentada en el suelo; comencé a sentir ardor en la zona. Seguidamente, me invadió un fuerte dolor y mi vista se nubló.

29

Alejandro

Desde aquella noche en la que fui a buscar a Dani después de
la boda de Nando y la encontré besándose con César, no había
vuelto a saber nada de ella.

Tenía los nervios a flor de piel, puesto que iba de camino a
un juicio en el que estaría ella, así que nos íbamos a ver. Llegué
al juzgado ansioso por encontrarla. La buscaba con la mirada por
todas partes. Pregunté por ella y me dijeron que aún no había
llegado, algo que me extrañó bastante, ya que Dani era muy
puntual, especialmente en temas laborales.

A los pocos minutos comencé a llamarla, pero no respondía. Se me ocurrió llamar a su amigo Sergio por si sabía algo
de ella y se preocupó bastante al oír que no se había presentado
al juicio y no respondía las llamadas. Me dijo que la señal del
localizador indicaba que estaba en casa. ¿Localizador? ¿Por qué
tenía un localizador? Pero, antes de que pudiera preguntar, me
dijo que iba a buscarla y finalizó la llamada. Me dirigí a la sala
para avisar de que tenía que marcharme y en ese momento me
interrumpió la fiscal:

—Letrado, ¿Daniela Castro es la letrada que estamos esperando?

—Sí, lo siento. La he llamado, pero no contesta.

—¿Usted sabe dónde vive? —volvió a preguntar.

—Sí, tenía la intención de ir a su casa en este momento.

—De acuerdo, vaya de inmediato. Daniela puede estar en peligro, yo me encargo de que se aplace el juicio.

—Gracias, señora Sarmiento.

Corrí hasta mi coche pensando en el localizador del que habló Sergio y en lo que me había dicho la fiscal: «Daniela puede estar en peligro». ¿Qué estaba pasando?

Llegué al edificio de Dani justo cuando Sergio bajaba del coche. En cuanto lo tuve frente a mí, necesité salir de dudas:

—Sergio, ¿de qué es el localizador del que me has hablado?

—Del móvil de Dani.

—¿Por qué le tienes localizado el móvil?

—Por seguridad —respondió con severidad.

—¿Qué ocurre? —pregunté mientras subíamos las escaleras más rápido que de costumbre.

—Problemas con su ex, ya te lo contará ella.

Llegamos a la puerta del piso de Dani y, tras llamar y esperar unos segundos que parecían minutos, le di una patada a la puerta. Encontramos su bolso en el suelo junto al móvil; ese escenario me asustó e indicaba que algo malo sucedía. Accedimos al salón de inmediato y, cuando vi a Dani tirada en el suelo sobre un charco de sangre, sentí auténtico pánico. Me quedé bloqueado y no sabía qué hacer; afortunadamente, Sergio me iba indicando…

Mientras Sergio la examinaba, yo llamé a emergencias. Me pidió que conectase el altavoz para advertir de la situación de Dani, lo cual hice de inmediato:

—Mujer de 34 años, presenta dos heridas de arma blanca, aumento de la frecuencia cardíaca, piel fría, ha perdido mucha sangre… Por favor, daos prisa o la perdemos —indicó Sergio intentando mantener la compostura.

Aquellas últimas palabras quedaron grabadas en mi mente: podía perderla… No podía estar ocurriendo aquello, debía de ser una pesadilla, pero desgraciadamente era la cruda realidad. Pocos minutos después, el servicio de emergencias se encontraba a nuestro lado estabilizando a aquella chica en la que pensaba cada segundo del día. La subieron a una ambulancia y se la llevaron al hospital. Miré a Sergio y le pregunté:

—¿Quién le ha hecho esto?

—No lo sé, yo apostaría por su ex, pero estaba en prisión.

—¿En prisión? ¿Por qué? —pregunté desconcertado.

—Eso no me corresponde contarlo a mí, le tendrás que preguntar a Dani.

De inmediato nos dirigimos al hospital al que llevaban a Dani, con la esperanza de recibir buenas noticias lo antes posible.

El tiempo de espera se hacía interminable; cada vez que salía un médico, me levantaba como si me empujaran, y al escuchar el nombre de otra persona, me volvía a poner más nervioso aún. En ese tiempo, tuve la oportunidad de hacerme mis propias hipótesis. Recordé el caso que Dani rechazó a las dos semanas de aceptarlo; me dijo que el acusado había tomado muy mal su decisión. ¿Y si mandó a alguien para hacer daño a Dani por rechazar su caso? Porque si su ex estaba en prisión…, claro que este también podría enviar a alguien… ¿Qué sabía la fiscal? ¿Por qué me avisó de que podía estar en peligro…? La cabeza me iba a explotar.

Habían pasado cuatro horas y no sabíamos nada de Dani. Volvió a salir un médico para informar y presté atención:

—¿Familiares de Daniela Castro?

—Nosotros —contesté ansioso por saber algo.

—¿Son sus familiares?

—Daniela no tiene familiares, lo más parecido a una familia que tiene somos nosotros —respondió Sergio.

—La cirugía ha salido según lo esperado. Hemos detenido la hemorragia bloqueando el vaso sangrante y suturando la lesión que presentaba en el hígado. También se le ha realizado una transfusión sanguínea por la pérdida de sangre tan significativa que había sufrido. Ahora deberá guardar reposo durante unos días. Estará ingresada para poder controlar que los síntomas no empeoran. Pero pueden estar tranquilos, Daniela se encuentra fuera de peligro y en un par de horas podrán verla.

Me aparté mientras Sergio continuaba hablando con el cirujano. No podía creer lo que estaba pasando… No podía respirar con normalidad. Salí a la calle intentando encontrar el aire que necesitaba. Respiré hondo intentando tranquilizarme y, segundos después, oí a alguien detrás de mí:

—¿Qué piensas? —preguntó Sergio.

—Dani y yo llevábamos varios días sin hablar… y me siento fatal.

—Parecéis dos críos —me recriminó.

—¿Por qué?

—Por vuestro enfado tonto, ¿qué os pasó para estar días sin hablaros?

—¿Puedes creer que ni siquiera lo sé?

—No, no me lo puedo creer. Porque sí lo sabes, pero me da la ligera sensación de que no quieres reconocerlo.

—No es así —respondí afligido.

—Ya… Bueno, yo solo te diré que César me llamó la noche de la boda de Úrsula y Nando porque estuvo llamando a la puerta de Dani y ella no estaba en casa. Quería disculparse y pedirle que le diera una oportunidad como pareja, así que esperó hasta que regresó a casa, la besó y ella, de manera educada, lo mandó a paseo —explicó Sergio con gesto serio.

—¿Por qué me cuentas eso?

—Solo por si te interesa, Dani siempre dice que los abogados necesitáis recopilar datos; no sé si esa información te será útil para algo… Aunque también puede interesarte el hecho de que Dani no se plantea tener pareja… —alegó.

Poco después, llegó Úrsula acompañada de Nando; estaba muy nerviosa por lo sucedido. Ella tampoco conocía mucho de Gael; parece ser que el único que sabía la verdadera historia de Dani era Sergio. Me encontraba inmerso en mis pensamientos intentando hilar algo con sentido cuando nos avisaron de que podíamos pasar a verla de uno en uno. El primero en entrar fue Sergio y, después, lo hice yo.

Al verla tumbada en la cama con la vía puesta, me dio miedo tocarla. Me acerqué y la observé con detenimiento; aún estaba sedada. Acaricié su mejilla golpeada con extremo cuidado y susurré:

—Hola, Dani. Ahora estoy muy contento de saber que estás fuera de peligro, pero me has hecho pasar el peor día de mi vida y esto me lo tienes que compensar; me debes una y grande. —Forcé una sonrisa acompañada de lágrimas en los ojos—. Nunca he tenido tanto miedo. —La miré durante unos segundos en los que deseaba decirle lo que sentía y, sin más, le susurré aún más suave—: Espero que puedas perdonarme por lo que voy a hacer.

—Acerqué mis labios a los suyos para besarlos; le di un dulce y suave beso—. Te amo, Dani —declaré a escasos centímetros de ella—. He sentido pánico al pensar que no te volvería a ver; estoy enamorado de ti y quizá sea cobarde por mi parte decírtelo ahora que estás dormida... Pero no quiero perderte; prefiero tenerte solo como amiga a no tenerte en mi vida. Así que no volveré a decirte lo que siento, por mucho que duela. En cuanto me lo permitan, volveré a verte. —Le acaricié los labios con suavidad—. Ahora viene Úrsula, que está ansiosa por pasar.

Sergio y yo fuimos a tomar un café mientras Úrsula estaba con Dani; cuando regresamos, nos contó que seguía dormida. Le insistimos en que se marchase a casa a descansar y que con cualquier novedad le avisaríamos. Poco después, llamaron a Sergio del trabajo por algo urgente, por lo que tuvo que acudir de inmediato, pero se quedaba tranquilo porque yo estuviera allí. Le pregunté a la enfermera si podía quedarme en la habitación con Dani y me dijo que no había problema, ya que estaba solo. Así que entré a la habitación y tomé asiento en el sillón que había al lado de su cama; el sueño me estaba venciendo cuando escuché un quejido. Abrí los ojos y vi a Dani despierta.

—¡Dani! ¿Cómo estás?

—Sorprendida —afirmó con un hilo de voz al tiempo que mostraba expresión de dolor—. Pensaba que por no asistir al juicio me iba a quedar sin verte y fíjate qué sorpresa me he llevado.

—No pierdes tu esencia ni siquiera convaleciente... ¿Te duele?

—¿Tú qué crees? —Miró confusa a su alrededor y preguntó—: ¿Estoy en el hospital?

—Sí. ¿Recuerdas algo de lo sucedido?

—Desafortunadamente, todo —respondió reflejando el tormento en sus ojos.

—Avisaré de que has despertado —dije mientras agarraba el pulsador.

—¿Acaso te da miedo estar conmigo a solas?

—Qué tonterías dices… Dime. ¿Quién te hizo esto? —me mostré preocupado.

—Gael.

—Voy a llamar a los agentes encargados en el caso —comenté al tiempo que sacaba mi móvil del bolsillo.

—¿Sabes? No imaginaba que besabas tan bien —afirmó justo antes de que entrara la enfermera en la habitación.

¿Había oído todo lo que le había dicho? No podía ser… ¡Mierda! ¿Cómo se tomaría lo que hice y lo que dije? ¿Y si se alejaba de mí? ¿Y si nuestra relación no volvía a ser la misma? Comencé a sentir cómo me latía la cabeza, seguido de una fuerte presión. Supongo que por tener tantas preguntas sin respuesta, los nervios, el miedo por lo que podía sucederle a Dani…

Minutos después, la enfermera se marchó y volvimos a quedarnos solos. Nos miramos a los ojos y Dani rompió a reír.

—¿De qué te ríes? —me interesé.

—De tu cara de circunstancias.

—Siento haberte besado —me disculpé, avergonzado.

—Si lo sientes, ¿por qué me has besado?

—No lo siento por mí, sino por ti —admití.

—¿Lo sientes por mí? ¿Por qué?

—Por besarte sin tu consentimiento.

—¿Por qué lo has hecho? —quiso saber.

—Uf, ¿hay que hablar de eso?

—¡Me has besado mientras estaba sedada! Sí, claro que hay que hablar de eso.

—Me moría por tener contacto contigo, por besarte, especialmente, después de pensar que te perdía para siempre —suspiré—. Perdóname, no pude contenerme —expliqué, avergonzado.

—¿Ha sido un beso de amigos?

—Claro —mentí.

—¿Y eso de que me amas? —continuó interrogándome.

—Joder… Sí que me lo vas a hacer pasar mal —protesté.

—¿Es verdad?

—¿Qué me lo estás haciendo pasar mal?

—Que me amas —aclaró.

Inspiré con la intención de llenar mis pulmones de aire antes de responder.

—Sí, es cierto. Pero… olvídalo. No quiero que salgas de mi vida, no lo podría soportar. Estos días en los que no he sabido de ti ni siquiera he dormido.

En ese momento llamaron a la puerta y, una vez que esta se abrió, vi a César. Lo saludé educadamente y me aparté un poco. Fue muy difícil para mí verla junto a él; he de reconocer que me dolió. Es probable que sea un egoísta, pero me gustaría ser yo quien la besara, quien tuviera intimidad con ella, no ser solo su amigo…

Después de varios minutos en los que la conversación entre ellos me resultó bastante fría, César se marchó.

Nuevamente nos quedamos solos en la habitación. Me acerqué a Dani, agarrándole la mano que tenía libre de vías, y pensé que podía ser un buen momento para que me explicase la situación con su ex.

—Sergio me ha comentado que tu exmarido estaba en prisión. ¿Qué hizo?

—Es una historia complicada, Álex.

—Dani, soy abogado penalista, sabes que me encantan las historias complicadas. Deléitame, por favor.

Dani inspiró hondo, miró hacia la ventana y apretó los labios antes de comenzar a hablar.

—Vivíamos en Múnich. Durante una cena sospeché que Gael me era infiel con la mujer de su jefe. Esa misma noche pude confirmarlo después de escuchar una conversación telefónica entre ambos.

—¿Él no sabía que estabas escuchando?

—Sí, sí lo sabía. Pero hablaban en alemán y el muy imbécil pensaba que yo no lo entendería, ya que no tenía ni idea de que, tras llevar un mes allí, comencé a estudiar el idioma y lo entendía bastante bien después de dos años…

—¿Qué hiciste?

—Esa noche no dormí nada; la pasé pensando en la forma correcta de actuar… Gael ya me había dejado claro que no iba a permitir que me separase de él; me había amenazado anteriormente. Así que contacté con un antiguo compañero de la universidad que sabía cómo clonar un teléfono.

—¿Cristofer? —pregunté.

—El mismo. Cloné el teléfono de Gael y escuché conversaciones que realmente me hicieron estremecer.

—¿Por qué?

—Además de llevar casi dos años siéndome infiel con la mujer de su jefe, estaba planeando quitarme de en medio para quedarse con la herencia de mis padres.

—¿Qué?

—Sí, la clínica de mi padre, el despacho de abogados de mi madre, el dinero, la casa…

—¡Qué hijo de…! Perdona. ¿Ahí te separaste?

—No, sabía de lo que era capaz. Así que abrí una cuenta a su nombre en un país no cooperador a efectos fiscales. Me las ingenié para transferir grandes cantidades de dinero procedentes de la cuenta a la que él tenía acceso en la empresa para la que trabajaba, a su nueva cuenta. Mientras tanto grababa las llamadas que tenía con su amante. Le seguí con cuidado y sigilo para hacerle fotos; tenía que conseguir pruebas. De todo lo que iba consiguiendo le enviaba copia a Sergio.

—¿Y eso?

—Gael quería verme muerta; no sabía lo que podía suceder y quería asegurarme de que las pruebas estuvieran a buen recaudo. Intentaba disimular con él y fingir que todo estaba bien, pero de algún modo debía notar algo porque me preguntaba si ya no lo quería. Por lo que creo que decidió acelerar el plan… Su jefe nos invitó a pasar una semana con él y su mujer en una vivienda de un lujo absoluto que tenían en Palma de Mallorca. Siempre que estaba en algún lugar en el que había piscina o playa, aprovechaba para nadar, y Gael lo sabía… Me despertó llevándome el desayuno a la cama y me propuso salir los dos solos en una lancha propiedad de su jefe. Me convenció haciéndome creer que sería bueno pasar un rato juntos y así podría nadar lo que me apeteciera mientras él me esperaba en la embarcación. —Pude percibir cómo le dolía recordar aquel día—. Me lancé al agua y comencé a nadar. A los pocos minutos me sentí aletargada, cansada; algo me estaba pasando… Intenté volver a la lancha, pero mi percepción es que estaba más lejos que cuando me zambullí. Llamaba a Gael, pero tenía música a un volumen bastante alto y ni siquiera miraba hacia donde yo me encontraba. —Apretó los labios y sus ojos se llenaron de lágrimas—. Comencé a sentirme muy mal; hacía lo posible por mantenerme a flote, pero mi cuerpo se hundió en el agua. Luchaba por salir, pero no podía… Me concentré en tener calma; el problema es que tenía un tiempo determinado para solucionar lo que estaba sucediendo y mi cuerpo seguía sin responder. No sé cuánto tiempo pasaría… Comencé a tragar agua y sentí una angustia que jamás había experimentado. Intentaba llegar a la superficie, seguía luchando con lo que me estuviera pasando para poder salir del agua y respirar. Los nervios y el miedo se apoderaron de mí; no podía respirar, tragaba agua, no conseguía salir, sufrí un agobio indescriptible, tenía pánico. De pronto sentí algo parecido a un calambre en las sienes y todo se desvaneció… Lo siguiente que recuerdo es un chico haciendo la cuenta atrás mientras me practicaba la RCP.

—¿Quién era? —me interesé.

—Un chico que pasaba por allí en su piragua y afortunadamente me vio y se lanzó al agua a salvarme.

—¿Cuánto tiempo estuviste en el agua?

—No lo sé, varios minutos… Teniendo en cuenta mi experiencia con apnea, debió ser bastante tiempo para que llegase a tragar agua, aunque también hay que tener en cuenta el factor químico que había en mi cuerpo.

—¿A qué te refieres? —continué indagando.

—Al realizarme analíticas determinaron que había ingerido una gran cantidad de tranquilizantes, lo que explicaba los síntomas de aletargamiento, cansancio… Estaba prácticamente drogada…

—Está claro que fue tu exmarido —afirmé con certeza.

—Para mí sí. Pero él se encargó de explicarle a la policía y a los médicos que había perdido a toda mi familia, que sufría depresión, que fui nadadora, que llevaba un tiempo en el que me veía muy mal y que le había mencionado que mi último aliento sería en el mar… Además, los tranquilizantes que encontraron en la analítica me los había recetado mi médico porque me costaba muchísimo dormir, y alguna noche, pero solo de manera ocasional, tomaba una pastilla para poder dormir algo… Sin embargo, él contó una versión muy distinta de la realidad… Y le creyeron —expuso, cabizbaja e impotente—. Yo tenía claro que me había dado los tranquilizantes en el desayuno, que alejó la lancha para que no llegase, que puso música y que no miraba hacia donde yo me encontraba intencionadamente. Todo lo hizo de manera premeditada… En cuanto tuve acceso a mi teléfono, contacté con Sergio para que enviase de manera anónima las pruebas que tenía de la relación de Gael con la mujer de su jefe, así como del desfalco a la empresa en la que trabajaba. Por ese motivo estaba en prisión, por desfalco a la compañía.

—Ahora entiendo tu reticencia a meterte en la playa… —admití con sentimiento de culpa—. Siento haber insistido.

—No te preocupes, no lo sabías. —Me sonrió, demostrando que no estaba molesta por ello.

—¿Por qué no me lo contaste?

—No me gusta hablar de ello.

—¿Tus problemas para dormir vienen de ese momento de tu vida?

—No, comencé a sufrir de insomnio tras el fallecimiento de mi familia. Me atormentaba pensar el miedo que habrían experimentado, si sufrieron... Con el añadido de que no pude despedirme de ellos y que estaba completamente sola. El episodio en el que casi me ahogo provocó que, cuando conciliaba el sueño, despertase sobresaltada y atemorizada, reviviendo lo que sucedió. Gracias a la ayuda de mi psicólogo voy mejorando poco a poco y no solo en lo que al sueño respecta.

—Entonces, las pesadillas que te despiertan temblando y dices no recordar...

—Sí, tal y como estás pensando, sí que las recuerdo y... efectivamente, las pesadillas son las causantes de que reviva el momento en el que me ahogo en el mar... —admitió cabizbaja.

Pensé que sería mejor cambiar de tema, puesto que la vi derrumbada al rememorar aquel suceso de su vida.

—¿Por qué no quisiste darle una oportunidad a César?

—César no me gusta como pareja.

—¿Por qué?

—Es personal.

—De acuerdo... Bueno, quizá encuentres a alguien que te llegue a gustar para compartir tu vida con él —fingí que no me dolía decir aquello.

—Por mucho que mi psicólogo diga que sí, yo insisto en que no estoy preparada para tener pareja —declaró.

—¿Por qué piensas eso?

—Porque desconfío. Y eso no es apropiado para tener una relación de pareja; tampoco sería justo para la otra persona que desconfíe de ella por algo que hizo un indeseable. Además, tengo miedo de volver a sufrir esa dependencia que experimenté con Gael...

—Estoy seguro de que, si se trata de la persona adecuada, no debes tener miedo de que eso suceda. Y en cuanto a la desconfianza, te garantizo que desaparecería con el tiempo. Pero tienes que darte la oportunidad de rehacer tu vida, de intentar ser feliz.

—Se puede ser feliz sin pareja, ¿lo sabías?

—Por supuesto, pero si se da el caso de que conoces a alguien que te atrae, te hace reír, te hace sentir bien, te da seguridad, cariño, estabilidad... Es probable que compartir tu vida con esa persona incremente tu felicidad, ¿no crees?

—Si lo expones así, claro que es probable. ¡Y tanto! Pero..., ¿dónde está esa persona?

—A veces la tenemos a nuestro lado, pero no somos conscientes de ello o no queremos cambiarle la etiqueta por miedo... —manifesté, pensando en nosotros como pareja.

Dani apartó su mirada de la mía; pude percibir su inquietud y rápidamente cambió el tema de conversación comenzando a hablar de algo trivial.

30

Álex, el único hombre por el que estaría dispuesta a cambiar las decisiones que tomé un día, me dijo que me amaba. ¡Me amaba! A pesar de que yo intentaba disimular, negar lo evidente, sacarlo de mi cabeza y desear que mis sentimientos hacia él se tratasen de simple amistad, en realidad sentía algo mucho más fuerte por él, algo que nunca antes había sentido.

No podía ni quería olvidar aquello que me dijo, tal y como él me pidió que hiciera en aquella habitación de hospital. ¿Cómo iba a olvidar que me dijo que me amaba? Imposible… Pero fingí que nunca ocurrió, con el único propósito de que nuestra amistad no se viera perjudicada.

Durante mi recuperación, Álex se volcó conmigo. Pasaba las horas en mi piso cuidando de mí, dormía a mi lado cada noche, consiguiendo que yo no durmiera por estar tan cerca de él.

Si tenía que hacer algo, asistir a juicio o reuniones con clientes, le pedía a Úrsula o Sergio que me hicieran compañía por si necesitaba algo.

No solo me cuidó, sino que me mimó, me protegió, no permitió que me sintiera sola y logró que tuviera la sensación de ser importante para él.

Tras unas semanas y una vez recuperada, Álex regresó a su piso, como era lógico. Yo volví al despacho, a los juicios, a quedar con Úrsula, a comer en el restaurante de siempre con Sergio… Volví a lo que, antes de volver a toparme con Gael, era mi vida.

Una de las noches en las que Álex y yo cenábamos juntos en mi piso, dijo:

—Tengo una propuesta para ti.

—¿Indecente? —Mostré una sonrisa divertida.

—¿Por qué iba a ser indecente? —preguntó Álex, haciendo una mueca al mismo tiempo que levantaba las cejas.

—No sé… ¿Qué me propones?

—Fin de semana en Ibiza, con excelente compañía —indicó, señalándose a sí mismo y aguantando la risa.

—Una propuesta irresistible, no cabe duda —me mofé—. ¿A qué se debe?

—Me gustaría que me acompañases a la boda de mi hermana.

—¿Te refieres a que yo sea tu acompañante? —intenté aclarar.

—Sí, lo has entendido. ¡Enhorabuena! —afirmó con tono jocoso.

—¿Elisa no está disponible? O quizá otro de tus ligues, seguro que están encantadas de acompañarte a la boda de tu hermana.

Su gesto se torció al escuchar lo que le dije.

—En la boda de mi hermana quiero que mi acompañante sea alguien especial, una amiga de verdad. Por eso te lo he pedido a ti —aclaró, molesto—. Tanto a Elisa como a cualquiera de mis ligues puedo verlas y hacer lo que a ambos nos apetezca en cualquier otro momento, ¿no crees? —indicó con firmeza.

Pensar en eso me puso de mal humor, pero fingí que no me importaba lo más mínimo.

—Claro, en eso tienes razón; planea una cita con alguna de ellas antes de la boda y así descargas antes de irnos, donjuán —le sugerí, forzando una sonrisa.

31

Con solo aproximarnos a la puerta de embarque, mi corazón se aceleró; me alteraba por momentos y me era complicado respirar con normalidad. Álex se percató de ello y rodeó mi cintura con su brazo. Sentí el calor de su piel sobre mi cuerpo como si pudiera traspasar la tela de mi camiseta. Le miré a los ojos y él me susurró al oído que todo iría bien, y que estuviera tranquila porque no dejaría que nada malo me sucediera. Está claro que hay circunstancias que él no podría evitar, pero surtió efecto en mí y conseguí controlar mis nervios. En el momento en que me senté al lado de mi acompañante, me ofreció su mano, mostrándome una sonrisa encantadora. Agradecí su gesto y le di mi mano, la cual no soltó hasta que el avión aterrizó.

Álex y yo nos hospedábamos en habitaciones contiguas en un hotel cerca de la casa de su hermana. Aprovechamos la tarde del viernes para conocer la zona. Regresábamos al hotel con la intención de salir más tarde a cenar y, a pocos metros del mismo, Álex me indicó:

—Te acompaño a tu habitación y vuelvo a la playa a refrescarme un poco, ¿vale?

—Si quieres, voy contigo —sugerí.

—No quiero que pases un mal rato.

—Yo te espero sentada en la arena, no te preocupes.

—Está bien —musitó.

Paseamos hasta la playa. Miré al horizonte pensativa y Álex se interesó por mí preguntando si estaba bien; asentí sonriente y, seguidamente, se desprendió de su camiseta, caminó hacia la orilla y se lanzó de cabeza al agua, desapareciendo dentro de una ola. Salió a la superficie unos metros más adelante y comenzó a nadar. Aquello provocó que se despertase en mí la necesidad de volver a experimentar la sensación de libertad que sentía al nadar en el mar. Recordé que me relajaba muchísimo y estaba pensando en ello cuando Álex se paró delante de mí y preguntó:

—¿Estás bien?

—Sí, estupendamente.

—¿Qué piensas?

—En que echo de menos nadar en el mar.

—¿Quieres intentarlo? —preguntó con media sonrisa, ofreciéndome su mano.

—¡Ni de coña! —exclamé, escandalizada.

—Dani, yo estoy contigo. No te voy a dejar sola, no pasará nada. ¿Confías en mí?

—La verdad es que sí —admití.

—¿Lo intentamos? —preguntó al mismo tiempo que me sujetaba del mentón con extrema delicadeza y clavaba sus preciosos ojos azules en los míos.

—Está bien —acepté, nerviosa y emocionada.

Me deshice del vestido playero que llevaba y vi cómo la mirada de Álex recorría mi cuerpo, pero lejos de hacerme sentir incómoda, me agradó.

—Dame tu mano —dijo Álex, ofreciéndome la suya.

Fuimos hasta la orilla caminando despacio, sin soltarnos de la mano. Al llegar el agua a mis rodillas, sentí cómo mi corazón latía más rápido; miré a Álex y comprobé que él no dejaba de mirarme, me sonrió y consiguió tranquilizarme.

—No hay prisa, relájate y haz las paces —sugirió, besándome en la frente.

Un nudo comenzaba a formarse en mi garganta, ¿por qué me afectaba tanto un simple beso en la frente? Cualquier gesto de Álex era muy especial para mí. Sentía algo por él que no quería sentir, algo que me daba miedo, algo que no había experimentado con anterioridad. Sentir respeto, protección, cuidado, afecto, cariño… era algo que solo había percibido con él y era tan maravilloso sentir eso de alguien que te gusta…

Entre juegos, risas y conversaciones, Álex me distrajo lo suficiente para poco a poco llevarme con él, siguiendo el baile de las olas. Cuando fui consciente, el agua me llegaba al pecho, pero Álex no soltaba mis manos ni dejaba de mirarme a los ojos, lo cual me ayudó a mantener la calma. Después de un tiempo en el que me concentré en mentalizarme en que estaba a salvo, le pedí que me dejara libre; entrecerró los ojos, dudoso, sin pestañear, y poco a poco sentí como sus manos se apartaban de las mías.

—Quiero intentarlo —le dije, a lo que asintió orgulloso.

Comencé a nadar y me sentí plena. Sentí que avanzaba un paso más para llegar a parecerme a quien era antes de ser aquella maldita marioneta insegura en la que me convertí. Álex nadaba a mi lado, no me dejaba sola, le miré y le dije:

—Quiero hacer algo, pero te necesito.

—Dime qué tengo que hacer —expuso de inmediato.

—Quiero aguantar la respiración bajo el agua, pero necesito sentirte, ¿me das tus manos?

—Te doy todo lo que quieras, Dani —dijo mostrándome una tierna sonrisa y ofreciéndome sus grandes manos—. Piensa en algo que te guste.

¿Algo que me gustase? Lo tenía claro. Me agarré con fuerza a sus manos, le miré a los ojos y me sumergí en el agua pensando en él, en sus ojos, en su sonrisa, en su forma de tratarme, en su dulzura… e imaginé que le besaba, pero justo en ese momento me sacó del agua.

—¿Estás bien? —preguntó asustado, observándome con atención, intentando adivinar cómo me encontraba.

Lo miré fijamente y no pude contenerme… Lo besé, pero no fue un beso casto, fue un beso intenso, largo y pasional. Tardé demasiado en reaccionar y cuando lo hice, me aparté de inmediato.

—Lo siento, te lo debía. ¿No te gusta besar sin que la otra persona lo espere? Pues ahí lo llevas… —fue lo único que se me ocurrió decir.

Álex sonrió sorprendido, me miró fijamente a los labios y a continuación a los ojos antes de decir:

—¿Te han dicho que besas muy bien?

—Por supuesto —respondí con tono arrogante, sin poder evitar que se dibujara una sonrisa en mis labios.

El resto de la tarde y durante la noche intenté aparentar normalidad cuando realmente estaba avergonzada por haberme lanzado a los labios de mi amigo.

32

Como era de esperar, la boda sería de estilo ibicenco, por lo que debíamos vestir de blanco. Mi vestido era de escote *halter* anudado en el cuello, espalda descubierta con forma de uve y con bajo de flecos, el cual le daba un movimiento maravilloso al atuendo. Lo combiné con sandalias de cuña en el mismo tono, el cabello lo dejé bastante informal con ondas y, por último, me hice un maquillaje de lo más natural.

Viendo que Álex no iba a buscarme y yo estaba lista, decidí ir a su habitación. Llamé a la puerta y me preocupé por la tardanza; cuando esta se abrió, inevitablemente me mordí el labio de una manera quizá demasiado sensual al tener frente a mí semejante hombre semidesnudo. Tan solo una toalla anudada a la cadera cubría parte de su anatomía; por su cuerpo resbalaban las gotas de agua y su pelo estaba empapado y goteando.

—¿Te puedes creer que me he quedado dormido? —indicó alterado—. Pasa, voy a secarme, me has pillado en la ducha.

—Si lo prefieres, te espero fuera o en el vestíbulo —sugerí.

—No, no tardo nada; siéntate —expuso desde el cuarto de baño.

Me acerqué al ventanal y me quedé unos instantes allí parada mirando el mar.

—¡Madre mía! ¿Cómo me he podido quedar dormido el día de la boda de mi hermana? —bramó saliendo del baño con un ajustado bóxer blanco.

—No te preocupes, vamos bien de tiempo —intenté tranquilizarlo.

Mientras se ponía el pantalón de lino blanco, me examinaba de arriba a abajo, de tal forma que me sonrojé.

—Estás preciosa, Dani —afirmó con la sonrisa más seductora y encantadora que puede existir.

—Gracias, tú seguro que estarás muy guapo cuando estés vestido…

Apretó los labios antes de sonreír y se abrochó el pantalón; a continuación, se puso la camisa del mismo tono y tejido que el pantalón. Se calzó y perfumó justo después de peinarse, y se paró frente a mí abriendo los brazos.

—¿Qué tal me veo?

—¡Espectacular! —exclamé con total sinceridad.

—Tú sí que estás espectacular; recuerda que eres mi acompañante, no me vayas a dejar tirado… —indicó con gesto simpático.

—¿Por qué razón te iba a dejar tirado?

—Espero no tener que explicarte por qué —musitó divertido antes de cerrar la puerta de su habitación.

33

Los padres de Álex se alegraron muchísimo de que acompañase a su hijo a la boda de Miranda. Raúl me presentó a Samanta, su novia, una chica muy agradable de mirada tierna que me encantó conocer.

Llegó el momento de la barra libre y todos festejábamos bailando, cantando, riendo... Decidí ir al baño y Samanta no dudó en acompañarme. Al regresar, comprobamos que Álex y Raúl bailaban con su cuñado la canción *Todos los días sale el sol* de Bongo Botrako.

—Mis amigas están deseando bailar con Alejandro —aseguró Miranda con los ojos puestos en su hermano.

—Como bailarín deja bastante que desear, pero no creo que sea lo que más les interese a tus amigas, ¿verdad? —expuse.

—Probablemente. A ti ¿qué te interesa de mi hermano? —preguntó sin rodeos.

—No sé a qué te refieres... —titubeé.

—Ya, ya... —murmuró con sorna.

En el momento en que se escuchó por los altavoces el estribillo de la canción, Álex, su hermano y su cuñado saltaron al ritmo de la música cantando a pleno pulmón:

Hey, chipirón,
todos los días sale el sol, chipirón,
todos los días sale el sol, chipirón,
todos los días sale el sol.

Pensé que perderían la voz en la última parte del estribillo; fue realmente divertido ver cómo aquellos tres se entregaban por completo a la canción sin importarles lo más mínimo que todos los allí presentes no perdiesen detalle de lo que hacían.

Mientras observaba entusiasmada a mi acompañante, se acercó uno de los amigos del novio y, colocándose a mi lado, preguntó:

—¿Eres la novia de Alejandro?

—No, soy su amiga y acompañante —aclaré sonriente.

—Interesante… —murmuró con mirada traviesa—. Soy Nacho, encantado de conocerte, Daniela.

—¿Cómo sabes mi nombre? —me asombré.

—He investigado… —musitó de manera seductora.

—Ah. No creo que sea algo de interés nacional, de modo que no te habrá costado mucho averiguarlo. Así que ya puedes quitar esa expresión de sobrado… —espeté riendo.

—Ey, no me ataques —me increpó entre risas.

Álex se acercó a nosotros, saludó a Nacho y, acto seguido, se acercó a mi oído para susurrarme:

—Y llegó el momento de explicarte por qué te pedí que no me dejes tirado… Hay varios amigos de mi cuñado que no te pierden de vista.

—Pues las amigas de tu hermana tampoco te quitan ojo… ¡Estás triunfando, letrado!

—Pero yo jamás te dejaría tirada.

—¿Qué te hace pensar que yo a ti sí?

—Tengo mis razones… —murmuró divertido.

—¿Cuáles son?

—No te lo puedo decir… —siseó ladeando la sonrisa.

—Está bien, letrado, está en su derecho de guardar silencio —claudiqué, girándome con la intención de ir a otro lugar.

Sentí el calor de su mano alrededor de mi muñeca, por lo que me paré en seco, miré hacia atrás de reojo y se acercó más a mí. Sin soltar mi muñeca, me acarició la espalda desde la nuca hasta donde terminaba el escote del vestido, justo donde la espalda pierde su nombre..., con la mano que tenía libre.

—Tienes una espalda preciosa —susurró acercando sus labios a mi cuello, consiguiendo que la piel de todo mi cuerpo se erizase.

—Muchas gracias, letrado.

—¿Te apetece bailar conmigo?

—Claro, puede ser divertido —acepté girándome hacia él.

Comenzamos bailando al ritmo de *Bad Habits,* de Ed Sheeran, continuamos con *A un paso de la luna,* de Ana Mena y Rocco Hunt, en la que bailamos acercando nuestros cuerpos de un modo peligroso. Al terminar ese tema comenzó a sonar una canción que había oído solo en un par de ocasiones, pero Álex la conocía bien; se trataba de *Juramento eterno de sal,* de Álvaro de Luna. Álex la cantaba, pero le ponía especial énfasis a algunas estrofas de la misma, clavando su intensa mirada en la mía, como: «Me paso las noches en vela. Escribo tu nombre en mi cabeza». Cuando cantó: «Me perderé en tu boca una vez más. Fundiendo nuestros cuerpos como el sol al despertar», fijó sus ojos en mis labios, provocando que un calor sofocante se adueñara de mi cuerpo y sonrió al pronunciar: «Ya sé que vas a querer verme de nuevo. Ya sé que tus labios no son caramelo. Ya verás cómo vas a echarme de menos». Entonces, ladeando la cabeza, le pregunté:

—¿Tú me echarías de menos?

—¿Por qué te iba a echar de menos? ¿Acaso tienes pensado desaparecer nuevamente de mi vida?

—No.

—Me alegra oír eso, porque te echaría mucho de menos.

Continuamos bailando y Álex cantándome; al menos, así lo sentía, que me cantaba a mí. Después de bailar algunas canciones más, le indiqué a mi acompañante que iba a pedir algo para refrescarme; él me dio la mano para salir de allí entre la multitud y cuando llegamos a la barra, le pidió al camarero las bebidas. Este nos preparó lo que Álex pidió y otro camarero nos puso dos chupitos de tequila, acompañados de limón y sal.

—Nunca sé cómo se toma el chupito de tequila —confesó Álex divertido.

—Humedece el dorso de tu mano con limón, echa un poco de sal encima. La chupas y después te tomas el chupito, por último se muerde el limón —expliqué.

—¿Para qué?

—Para aliviar el quemazón que produce el tequila.

—¡Eres una experta en chupitos de tequila! ¡Me dejas asombrado! —exclamó entre risas.

—¡Venga, vamos a tomarlo! —le animé.

—¿Brindamos?

—¡Claro!

—¿Esto se puede considerar un juramento eterno de sal? —preguntó divertido.

—Es posible.

—En ese caso, porque siempre estés en mi vida —expuso levantando su chupito y acercándolo a mí.

—Y tú en la mía —contesté chocando mi vaso con el suyo.

A continuación, chupamos la sal de nuestras manos, nos bebimos el chupito de un trago arrugando el gesto y mordimos el limón de inmediato. Acto seguido, nos miramos el uno al otro dejando escapar una carcajada.

—¡Dios de mi vida! He sentido cómo me ardía el esófago… —manifesté.

—Yo también… ¡Es muy fuerte!

Dimos por terminada la boda poco antes del amanecer, estaba destrozada… Pero me divertí como nunca. Y todo gracias a la compañía de Álex. Al llegar a la puerta del hotel, le dije:

—Yo subiré más tarde.

—¿Y eso? —preguntó extrañado.

—Quiero ir a la playa a ver el amanecer.

—¿Te puedo acompañar?

—Por supuesto, sería un placer para mí gozar de tu compañía.

Nos sentamos en la arena y contemplamos cómo en el horizonte aparecía la luz del sol, dando comienzo a un nuevo día.

—Es maravilloso… —musité.

Álex se levantó acercándose a la orilla.

—¿Qué haces? —alcé la voz.

—Voy a probar el agua.

—¿Te vas a meter?

—¿Acaso no me ves capaz?

—No creo que sea conveniente, has bebido.

—Solo voy a meter los pies, tranquila —advirtió adentrándose en el agua.

Sacó su teléfono del bolsillo e intentó hacer una foto del amanecer, pero farfulló:

—Ojalá la foto reflejase lo que ven mis ojos.

Me acerqué a él para indicarle los ajustes que debía hacer para conseguir lo que pretendía. Volvió a disparar una foto al horizonte, quedando satisfecho del resultado, con la mala suerte de que el teléfono se resbaló de su mano y cayó al agua.

—¡Mierda! —exclamó sumergiéndose para cogerlo, pero no lo encontraba. Inspiré profundamente llenando los pulmones de aire para sumergirme también con la intención de recuperarlo, siendo consciente de que hacía pie y que Álex estaba a mi lado.

Salimos del agua y le di el móvil.

—Gracias, Dani. Esto que has hecho…

—No creo que funcione después del chapuzón. Lo siento —indiqué.

—Ya que había conseguido una buena foto… —se lamentó sonriendo.

Su comentario me hizo sonreír, Álex miró mis labios y, sin pensarlo, me besó. Quise apartarme, pero no hice el más mínimo movimiento para llevarlo a cabo. Es más, rodeé su cuello con mis brazos mientras nos besábamos. Sentí el calor de sus labios en los míos, nuestras lenguas comenzaron a jugar. Álex me apretó contra su cuerpo y, entonces me aparté sin poder mirarle a los ojos, y mientras salía del agua, me disculpé con él:

—Lo siento, está claro que el tequila ha jugado en nuestra contra…

—¿Me has besado a causa del tequila? —preguntó con tono burlón siguiéndome hasta la arena.

—¡Eres tú quien me ha besado! —exclamé dando media vuelta para mirarle.

—Pero no me has detenido. Todo lo contrario, has continuado el beso... —recriminó jocoso.

—Piensa lo que te apetezca... Pero... ha sido un acto impulsivo que deberíamos haber evitado.

—¿Te arrepientes? —preguntó molesto.

—Por supuesto, somos amigos. Yo no quiero nada contigo y tú no quieres nada conmigo. Nos hemos dejado llevar por...

—¿Por qué? A ver..., ¡ilústrame!

Me di la vuelta nuevamente y cerré los puños apretando con fuerza, como si de ese modo pudiera contener todo lo que me gustaría decirle que sentía por él, pero no pronuncié ni una sola palabra.

Me encaminé hacia el hotel ignorando a Álex que me seguía llamando. Cerré la puerta de mi habitación tras entrar en ella, desabroché mi vestido empapado y lo dejé caer al suelo cuando llamó a la puerta. No contesté, sabía que se trataba de Álex. Volvió a llamar y lo ignoré nuevamente con la mirada clavada en la puerta.

—Te estás comportando como una niña. ¿No eres capaz de hablar conmigo sobre lo sucedido? —Me mantuve en silencio y, tras unos segundos, prosiguió—. Está bien, si es tu decisión, la respeto. Pasaré a buscarte para comer juntos. Y no te preocupes, no volveré a sacar el tema. Fingiré que lo sucedido hace un momento nunca ocurrió. Espero que descanses.

Me faltaba el aire, quería abrazarlo, besarlo, decirle lo que estaba sintiendo por él, pero... tenía miedo. Miedo a que me hiciera daño, miedo a que me rompiera el corazón, miedo a depender emocionalmente de él, miedo a romper nuestra amistad, miedo a que saliera de mi vida... Miedo, miedo...

Maldita palabra que se me había enquistado en lo más profundo de mi ser.

Horas más tarde, tal y como Álex indicó, pasó por mi habitación para ir a comer juntos. Me saludó sonriente, cumpliendo con su palabra de fingir que no nos habíamos besado, no hizo ningún comentario de aquel episodio… Aquella tarde nos despedimos de su familia antes de dirigirnos al aeropuerto. Los nervios me acompañaban de nuevo… Hasta ese momento, Álex se mantuvo algo distante conmigo, pero al percatarse de cómo me sentía, me agarró por los hombros envolviéndome entre sus brazos. Sentirlo tan cerca conseguía agitar mis sentimientos. Su cuerpo rozaba el mío, su olor invadió mis fosas nasales y me vi obligada a luchar conmigo misma para no dejarme llevar y volver a besarle.

Una vez que embarcamos, me dio su mano y, mirándome a los ojos, preguntó:

—Cuando viajas sola en avión, ¿cómo lo controlas?

—Nunca he viajado sola en avión, no puedo…

—¿Con quién volaste desde Alemania cuando regresaste a España?

—No volé. Alquilé un coche y conduje hasta la casa de Sergio.

—Lo lamento… A partir de ahora, si tienes que volar, cuenta conmigo.

—Gracias, Álex.

Al cabo de una media hora, el avión en el que viajábamos comenzó a moverse de manera inusual hacia arriba y hacia abajo. Apreté la mano de Álex y él me miró a los ojos murmurando:

—Tranquila, solo son turbulencias. Están acostumbrados a esto, para ellos es normal. El avión se puede agitar, pero no caerá por las turbulencias.

—Está durando demasiado… —protesté en un hilo de voz.

—No tienes de qué preocuparte. Las turbulencias pueden durar varios minutos, pero te aseguro que todo está controlado. Mírame.

Lo hice, el azul de sus ojos parecía más intenso, al menos esa fue mi percepción. Con la mano que tenía libre acarició mi mejilla y me regaló una sonrisa.

—¿Lo pasaste bien en la boda? —preguntó con la intención de hacerme pensar en otra cosa y que no prestase atención a las turbulencias.

—Sí, muy bien —respondí de manera escueta.

—¿Qué te pareció Nacho?

—¿Nacho?

—Uno de los amigos de mi cuñado, el chico que se acercó a ti e intentó seducirte.

—Ajá.

—Llamaste la atención de más de uno. Hubo varios amigos de mi cuñado que se interesaron por ti.

—Vale.

—Yo lo pasé muy bien en el baño con una de las invitadas…

—¿Qué? —Lo miré escandalizada y soltó una carcajada—. ¿De qué te ríes?

—¡Por fin has reaccionado! —exclamó risueño.

—¿Es mentira eso que has dicho?

—Sí. No me lie con nadie en la boda. Después de finalizar la fiesta sí que besé a una chica, pero me rechazó.

—Tendría sus motivos.

—Supongo… Pero entre tú y yo, sinceramente, me gustaría saber cuáles son sus motivos.

Finalmente consiguió su propósito, dejé de prestar atención a las turbulencias para prestársela a él.

34

Tras llegar a mi piso, con los nervios del vuelo aún alojados en mi estómago, recibí la visita de Sergio, quien se interesó por la boda. Le conté lo sucedido, a lo que él dio su opinión:

—Dani, se nota a leguas que te gusta Alejandro.

—Mientras no lo note él, no hay problema —espeté.

—¿Por qué te niegas a probar? Está claro que él quiere —sostuvo.

—Porque somos amigos y no quiero perderlo por nada del mundo.

—Me parece bien, yo haría lo mismo, pero… ¿y si es el amor de tu vida? —cuestionó.

—¿Y si eso no existe? Perdería a mi mejor amigo… Y no estoy dispuesta.

—¿Cómo que tu mejor amigo? ¡Serás perra! Pensaba que yo era tu mejor amigo…

Ambos reímos y con nuestras risas dimos por concluida esa conversación.

Esa noche cené con Sergio, pero mi pensamiento estaba con Álex, en lo sucedido en Ibiza, en ese beso que no pude reprimir.

Una vez que Sergio se marchó, tuve la tentación de llamar a Álex para oír su voz; sin embargo, me fui a la cama y soñé despierta. Imaginé una vida compartida con Álex y el sentimiento de alegría que despertaba en mi interior con tan solo imaginarlo era enorme. Me quedé dormida con esa cavilación; en cambio, desperté sobresaltada a causa de una pesadilla en la que volvía a encontrarme con Gael y sentía cómo la sangre se deslizaba por mi cuerpo.

35

Acepté la invitación de Úrsula a tomar un café en su casa. Me alegró saber que la relación entre Nando y ella estaba mejor que nunca. Mi amiga irradiaba felicidad y eso me gustaba.

Úrsula recibió una llamada y se dirigió al despacho a por unos documentos que necesitaba. En ese momento, se escuchó la puerta de la casa y Nando me saludó:

—¡Hola, Daniela! ¿Cómo estás? Cuánto tiempo sin verte.

—Hola, Nando. Muy bien, ¿y tú qué tal?

—Bien, la verdad es que no puedo quejarme. ¿Y mi amada esposa? —preguntó con tono divertido.

—Atendiendo una llamada, parece ser que necesitaba unos documentos. Está en el despacho.

—Genial, ¿cómo va todo? Te dejas ver poco —comentó, tomando asiento a mi lado.

—Todo bien. Yo podría decir lo mismo de ti, porque a Úrsula sí la veo a menudo.

—¿Sabes que Alejandro se marcha? —farfulló.

—¿A dónde? —pregunté, extrañada.

—A Ibiza.

—No sabía nada… ¿Va a pasar unos días con su hermana?

—No, se va por un tiempo.

—¿Por un tiempo? Pero no me ha dicho nada… —expresé, desconcertada.

—No te ha dicho nada puesto que tú eres el motivo por el que se ha ido, porque no puede controlar sus sentimientos y necesita poner distancia entre vosotros —explicó con quietud—. Sé por Úrsula que tú también sientes por Alejandro mucho más que una amistad, ¿por qué no se lo dices?

—¡Qué fácil lo veis todos! —exclamé, disgustada.

—Dime, ¿dónde ves la dificultad? —se interesó.

—En que no lo quiero perder —espeté.

—Pues justo es lo que está ocurriendo —concluyó.

—Un momento, ¿has dicho que se ha ido? —pregunté, dubitativa.

—Así es. Acabo de dejarlo en el aeropuerto, si quieres, puedo llevarte para que aclaréis las cosas.

—Sí, por favor —lo miré, angustiada.

Bajé con premura del coche de Nando y me dirigí a la terminal lo más rápido que pude, al mismo tiempo que maldecía ir con tacones aquella mañana.

—¡Álex! —grité al verlo justo antes de pasar el control de seguridad del aeropuerto.

—Dani, ¿qué haces aquí? —frunció el ceño.

—¿Te vas sin despedirte?

—Es mejor así… —aseguró en un hilo de voz.

—¿Por qué te vas?

—Tengo que tomarme un tiempo, alejarme…

—¿De verdad es lo que quieres? —indagué.

—No, no es lo que quiero. Pero lo necesito, necesito alejarme, que mi mente desconecte, dejar de pensar siempre en el mismo asunto, poder dormir…

Su mirada era triste y su gesto tenso. Entendí que no le hacía bien estar a mi lado y pensé que si tenía las cosas tan claras, lo mejor que podía hacer era dejarlo ir.

—Está bien, espero que consigas lo que necesitas y que tengas buen viaje.

Di media vuelta y, sin poder evitarlo, una lágrima recorrió mi mejilla. Tras caminar unos metros, fui consciente de que ese era el primer paso para perder a Álex para siempre y no estaba dispuesta a que eso sucediera. Así que me giré dispuesta a declararle mi amor, pero Álex ya no estaba.

Me dirigí al mostrador de la compañía y compré un billete para el siguiente vuelo a Ibiza. Nando me llevó a casa, preparé una maleta y volví al aeropuerto en taxi con el propósito de subir al avión que me llevaría junto a la persona que me alegraba los días.

He de reconocer que lo pasé francamente mal durante el vuelo, no he sudado más en toda mi existencia… El trayecto me pareció eterno y al bajar del avión tenía la sensación de que un gnomo me pateaba el estómago desde dentro.

Fui en taxi hasta un hotel próximo a donde pensé que encontraría a Álex y, tras dejar mi equipaje, me encaminé ansiosa y presa de los nervios hasta la casa de su hermana.

Durante el recorrido imaginé diversos escenarios posibles y creaba las conversaciones pertinentes a cada uno de ellos.

Me paré frente a la puerta, tomé aire y llamé al timbre. Transcurridos unos segundos, Miranda abrió la puerta y, tras la sorpresa de verme allí, me indicó que su hermano había ido a la playa porque necesitaba estar solo.

Caminé hasta donde me dijo que lo encontraría. Allí estaba, sentado en la arena, tirando piedras al agua. Sentí cómo los nervios se alojaban en mi estómago junto al gnomo que seguía allí dando puntapiés. Respiré hondo. Me armé de valor y me aproximé a ese hombre por el que sentía algo que no era capaz de admitir ante él. Álex no levantaba la vista y yo cada vez estaba más nerviosa.

36

Alejandro

Escuché que alguien se acercaba. Me molestó que alterasen el silencio y que interrumpieran mi soledad, puesto que era lo que necesitaba. Silencio y soledad para poder pensar. Sentía un vacío que me generaba una angustia difícil de soportar, porque la mujer a la que amaba solo me quería como amigo…

—¿Tu vuelo ha tenido turbulencias? —preguntó la voz más bonita que he oído en mi vida.

Miré a mi derecha y allí estaba Dani con su cautivadora sonrisa y sus ojos brillantes.

—¿Qué haces aquí? —pregunté, sorprendido e incrédulo por verla allí.

—He venido para que me invites a tomar un café —respondió, torciendo la sonrisa al mismo tiempo que ladeaba la cabeza.

—No soportas viajar sola en avión —interpelé.

—Ya, por eso me aseguré de que entraran el resto de los pasajeros antes que yo —respondió, mofándose de mí.

—Daniela…

—¡Uy! —exclamó, cambiando por completo su expresión.

—¿Qué te pasa?

—¿Qué me pasa? Me has llamado «Daniela» —explicó, mostrando preocupación.

—¿Y?

—No me gusta. Eso significa que viene algo que no me agradará nada —supuso, apartando la vista de mis ojos para dirigirla al mar.

—He venido hasta aquí para alejarme de ti —me sinceré.

—¿De verdad es lo que quieres? —preguntó, con desasosiego.

—No, pero como ya he dicho, lo necesito… He de intentar sacarte de mi mente, porque me paso día y noche pensando en ti. Aunque disimulemos, ambos sabemos lo que siento por ti y me duele no estar contigo de la forma que me gustaría. Cada vez es más difícil para mí estar a tu lado y no besarte, no poder acariciarte, abrazarte, decirte cuánto te amo, que quiero compartir mi vida contigo… Necesito alejarme de ti, poner distancia… —expresé, conteniendo el nudo que se formaba en mi garganta.

—Pero yo no quiero que te alejes de mí. —Me agarró suavemente la cara por la mandíbula, provocando que le mirase a los ojos—.Yo también quiero besarte, acariciarte, abrazarte… No quiero perderte, desde que te conocí en la universidad llamaste mi atención y me gustaste, y a día de hoy siento que estoy enamorada de ti y te quiero, pero me da vértigo sentir todo esto… —confesó, dejándome boquiabierto.

—¿Estás bromeando?

—No, quizá sea una de las pocas veces que más en serio estoy hablando fuera del ámbito laboral —reconoció.

—Pues si te da vértigo, yo te sujetaré —dije antes de besarla.

Sentí que sus besos eran adictivos y no podía separar mis labios de los suyos. Nuestros besos aumentaban de intensidad. Nuestros cuerpos se llenaban de caricias, sintiendo el calor de las manos del otro. Le di todos los besos que había deseado y no pude darle. Terminé por tumbarla en la arena y acabamos abrazados el uno al otro, mirándonos a los ojos en silencio. Nuestras miradas lo decían todo, no eran necesarias más palabras, hasta que subió la marea y una ola pasó por encima de nuestros cuerpos, rompiendo el momento mágico y el silencio:

—¡Ahh! —gritó Dani, levantándose velozmente.

—¡Joder, nos ha empapado…! —exclamé, mirando nuestra ropa hasta que escuché la risa contagiosa de Dani y comencé a reír yo también—. Vamos a casa de mi hermana a cambiarnos, ¿te parece bien? —le sugerí sin apartar la vista de ella.

—Yo tengo mi ropa en un hotel cerca de aquí.

—Pues vamos al hotel y te cambias tú primero.

—Quédate en casa de tu hermana —propuso.

—No, ya no me separo de ti —aseguré, abrazándola.

—Al menos, cámbiate, no te vayas a constipar —apuntó antes de regalarme un dulce beso en los labios.

Pasamos por casa de mi hermana, me cambié lo más rápido que pude y salí de inmediato.

—Qué rapidez… —masculló Dani, sorprendida.

—No quiero que pases mucho más tiempo con la ropa mojada, vamos.

Caminamos hasta el hotel en silencio, con nuestras manos entrelazadas. Al subir al ascensor, nos miramos y sonreímos de manera nerviosa. Entramos a su habitación, abrió su maleta y se dirigió al baño:

—Voy a darme una ducha caliente, me he quedado helada…

—De acuerdo.

—Si tienes frío… Puedes ducharte conmigo —sugirió, con una sonrisa de lo más provocadora.

—¿Frío? Mi temperatura corporal es tan baja que creo que voy a sufrir una hipotermia, así que me vendría muy bien esa ducha caliente —exageré sarcásticamente, con la clara intención de meterme con ella en la ducha.

Dani no pudo evitar sonreír. La seguí hasta el baño y allí nos desnudamos el uno al otro sin prisa, pero sin pausa, puesto que su ropa seguía empapada. Cuando estuvo completamente desnuda ante mí, la contemplé en silencio. Acaricié su espalda, provocando que su piel se erizase tras el paso de mis dedos. Ambos nos metimos en la ducha y calentamos nuestros cuerpos no solo con el agua que se deslizaba por nuestra piel. Una vez salimos de la ducha, era evidente que queríamos entregarnos el uno al otro.

Nuestra primera vez fue de lo más especial; era tan perceptible el amor y el cariño en cada caricia, en cada beso, en cada mirada… No solo se trataba de satisfacer el deseo por Dani, sino del sentimiento, la conexión, el vínculo que creamos entre los dos… Tras dejarme caer a su lado y tomar aire unos segundos, la tomé entre mis brazos.

—Te quiero, Dani —declaré mientras comprobaba que su mirada transmitía inseguridad y miedo—. Escúchame, tengo algo importante que decirte.

—Dime —dijo prestándome atención.

—Te protegeré, te cuidaré, te apoyaré, estaré siempre a tu lado, pero no voy a permitir que vuelvas a depender emocionalmente de alguien, ¿de acuerdo? Me voy a asegurar de que sigas siendo la misma de siempre, la Dani de la que yo me he enamorado.

—Gracias, Álex. —Su mano acarició mi cuello antes de besarme con una dulzura inexplicable—. Yo también te quiero —susurró colmándome de alegría.

37

Nunca un beso me había hecho sentir tanto; sus besos traspasaban cualquier coraza o inseguridad.

La primera vez que nos entregamos el uno al otro fue tan especial... Álex no dejaba de mirarme a los ojos. Una vez se dejó caer a mi lado, me abrazó con ternura, no dejó de besarme, de acariciarme, y entrelazó sus dedos con los míos para decirme lo que necesitaba escuchar en ese preciso momento.

A partir de ahí dio comienzo nuestra relación. Una relación que me daba miedo, pero que cada día que sumaba me hacía más feliz. Volví a ver a aquella chica que soñaba con especializarse en derecho penal y tener a alguien a su lado con quien compartir su vida. Álex me daba seguridad y confianza; logró que sintiera nuevamente la felicidad, que tuviera ganas de vivir y de volver a ilusionarme.

Nos seguíamos viendo con la misma asiduidad que antes, solo que... cambiaron las formas. Ya no me aguantaba las ganas de besarlo o de tocarlo.

Junto a él conocí lo que era una relación sana, sin reproches, sin mentiras, sin celos, sin prohibiciones. Una relación en la que ambos éramos libres y teníamos plena confianza en el otro. Una relación en la que no tenía miedo a decirle lo que pensaba, en la que no había malos gestos, miradas de odio, represalias o palabras de desprecio. Estaba segura de que eso que estaba viviendo junto al chico que siempre me hacía sonreír era amor, verdadero amor... y no era doloroso.

Álex me propuso cambiar de ciudad, ya que Gael no había sido detenido, puesto que huyó y no se sabía dónde se escondía. Me negué; no pensaba cambiar mi vida y mucho menos la suya por tener miedo a lo que ese ser deleznable se atreviera a hacer.

38

Entré en la cocina y, al acercarme a la cafetera, vi el móvil de Álex; debió dejarlo olvidado la tarde anterior, antes de volver a su piso para ver un partido de fútbol en compañía de Nando.

Podría esperar a la noche para entregárselo, ya que Álex había reservado mesa en un restaurante para celebrar nuestro primer aniversario. Un año de aquel día en que subí a un avión con destino a Ibiza dispuesta a declararle mi amor… Un año que ni en mis mejores sueños hubiera podido imaginar.

Pero pensé que quizá lo podría necesitar, así que cogí el móvil de mi chico con la intención de llevárselo, miré la hora y, como era temprano, imaginé que aún estaría en su apartamento.

Una vecina de Álex salía del edificio y aproveché para subir. Llamé al timbre ilusionada por ver a mi chico, pero la persona que abrió la puerta no era Álex, sino una chica despeinada, de ojos verdes muy expresivos y gesto somnoliento. Di un paso atrás y miré la placa que indicaba en qué planta del edificio me encontraba. Estaba en la planta correcta. En una milésima de segundo me avasallaron varias posibilidades. Volví a mirar a la chica que tenía ante mí, la cual me observaba con descon-cierto, y dije:

—Disculpa, pensé que me había equivocado.

—¿A quién buscas? —se interesó.

—A Alejandro.

Justo en ese momento me percaté de que la mujer que había frente a mí vestía una camiseta de mi chico, y los sueños en construcción que habitaban en mi cabeza comenzaron a desmoronarse.

—No te has equivocado, él vive aquí, pero en este momento no está. ¿Quieres dejarle un recado? —repuso amablemente.

—No, gracias. Perdona mi indiscreción, ¿de qué os conocéis Alejandro y tú? —traté de indagar.

—Fuimos amigos hace mucho tiempo —respondió escuetamente.

—Mi nombre es Daniela, un placer conocerte… —provoqué un silencio con la intención de que me dijera su nombre.

—Fabiola, me llamo Fabiola. Igualmente, Daniela. Por cierto, me encanta tu bolso.

Fabiola… Es su exmujer, ¿es posible que me haya traicionado con su exmujer? Necesitaba salir de allí lo antes posible, así que, intentando mantener la frialdad y la compostura necesarias, le indiqué forzando una sonrisa:

—Me marcho, Fabiola. No te robo más tiempo.

Nos despedimos y bajé las escaleras como si huyera del mismo diablo. No quería creer lo que mi mente me gritaba. Me negaba a pensar que me hubiera traicionado. Él no, Álex no haría eso… Lo que comenzó siendo un día especial por ser nuestro aniversario se tornó horrible.

Salí del edificio apresurada; las lágrimas amenazaban con hacer su aparición, de modo que me puse las gafas de sol mientras me dirigía al paso de peatones. Esperé unos segundos en los que las lágrimas aprovecharon para recorrer mi rostro y, tras cerrarse el semáforo para los vehículos, me dispuse a cruzar la calle. Mi cabeza no dejaba de dar vueltas intentando encontrar una explicación distinta a la que imaginaba cuando sentí un golpe tremendo, tuve la sensación de volar, y caí sobre el duro asfalto.

Abrí los ojos con esfuerzo; a mi lado se encontraba un técnico en emergencias sanitarias, lo deduje por su uniforme. Al igual que supuse por lo que había a mi alrededor, el movimiento y el sonido de la sirena, que me encontraba en una ambulancia. Sentía dolor en todo el cuerpo y un sabor metálico muy desagradable... El chico que se encontraba a mi lado me pidió que estuviera tranquila, ya que pronto estaríamos en el hospital y todo saldría bien.

39

ALEJANDRO

Tomaba un sorbo de mi café cuando comenzó a vibrar el teléfono de Nando. Este lo cogió y, mirando a la pantalla, torció el gesto y clavó la vista en mí, mostrándome el nombre que aparecía en ella.

—¿Fabiola? ¿Por qué te llama? —Miré extrañado su teléfono—. Contesta —sugerí.

Fabiola debió decirle que quería hablar conmigo porque me pasó el teléfono de inmediato.

—Dime, Fabiola.

—Alejandro, le ha ocurrido algo a una conocida tuya.

—¿De qué hablas?

—Una chica ha venido preguntando por ti y poco después de que se marchara escuché un fuerte golpe en la calle seguido de gritos; me asomé al balcón y estaba tendida en la carretera rodeada de viandantes.

—Si estaba rodeada de personas, ¿cómo sabes que se trata de la misma chica? —dudé.

—Por su bolso —aseveró.

—¿Te dijo quién era? —indagué.

—Sí, se presentó, pero ya sabes lo mala que soy para los nombres…

—Dime que no era Daniela, por favor —rogué al mismo tiempo que apreté los labios, deseando que no se tratara de ella.

—Sí, Daniela, ese es el nombre que me dijo.

—¡Mierda! —grité—. ¿Sabes qué le ha sucedido?

De manera instantánea sentí un calor insoportable al saber que se trataba de Dani.

—No. Espera un momento, oigo sirenas. —La espera se me hizo enorme y me estaba torturando—. Ha llegado una ambulancia y también está la policía —indicó con seguridad.

—¡¿Qué?! —grité—. Voy para allá.

Finalicé la llamada y, mirando a mi amigo, le dije:

—Nando, ¿te importa que me lleve tu teléfono?

—No, claro que no.

—Dime tu contraseña, por favor, tengo que irme. Algo le ha pasado a Daniela.

Nando me dio su contraseña de inmediato y cogió las llaves de casa antes de salir conmigo, dispuesto a acompañarme.

Marqué el número de teléfono de mi chica en el teléfono de mi amigo mientras nos dirigíamos a mi coche y pulsé la tecla de llamada. Un tono, dos tonos, tres tonos… Nada, no respondía. Volví a llamar y, al tercer tono, respondió una voz masculina:

—¿Sí?

Sentí como todos los músculos de mi espalda y cuello se contraían.

—Estoy llamando a Daniela, ¿con quién hablo?

—Mi nombre es Rodrigo, soy Técnico en Emergencias Sanitarias y estamos trasladando a Daniela Castro al hospital. ¿Quién es usted?

—Soy su novio. ¿Qué ha sucedido?

—Ha sufrido un atropello.

Mi corazón latía a tal velocidad que las palpitaciones invadían mi cabeza.

—¿Cómo se encuentra? —pregunté.

—No puedo decirle, puesto que hay que hacerle pruebas.

—¿Ella está consciente?

—No en este momento.

—¿A qué hospital la llevan?

Me indicó el hospital al que iban y finalicé la llamada. Pensé que sería mejor que Nando se encargara de informar personalmente a Úrsula de lo sucedido y le acompañase al hospital; estuvo de acuerdo, así que regresó a su casa al mismo tiempo que subí con premura a mi coche.

En cuanto entré a la sala de urgencias, pregunté por Daniela y me indicaron que estaba en quirófano. Me faltaba el aire, sentía el temblor de mi cuerpo, mi corazón se agitaba por momentos. Un celador se quedó mirándome y se acercó para ofrecerme ayuda, pero agradecido la rechacé.

Salí un instante a la calle; necesitaba aire, pero seguía sin poder respirar bien. Intenté inspirar hondo y calmarme. Tras unos minutos, sentí cómo mi respiración se normalizaba un poco y saqué el móvil de Nando del bolsillo con las manos aún temblorosas, tecleé la contraseña y busqué el número de teléfono del lugar de trabajo de Sergio para avisarle de lo sucedido.

40

Cuando volví a abrir los ojos, estaba en una habitación de hospital, Sergio hablaba con Álex, y Úrsula miraba a través de la ventana.

Álex cruzó la mirada conmigo y vi la sorpresa reflejada en sus ojos; dejó a Sergio hablando solo y se dirigió con premura hasta mí.

—Dani, cariño, ¿cómo te encuentras?

—Estoy bien —espeté con desgana.

—¿Bien? Si lo dices en serio es que algo en tu cabeza anda mal —aseguró Sergio mostrándome una sonrisa cómplice.

—Daniela, qué susto nos has dado… —añadió Úrsula acariciándome la mejilla.

—¿Qué recuerdas, Dani? —preguntó Sergio.

—Fui al apartamento de Álex para devolverle su móvil, puesto que se lo había dejado en mi piso, pero no estaba… Así que salí del edificio, me dirigí al paso de peatones y cuando el semáforo se cerró para los coches, crucé la calle… Recuerdo un golpe muy violento, tuve la sensación de volar y caer sobre el asfalto…

—Es que volaste y caíste sobre el asfalto después de que te atropellase un coche que se dio a la fuga —indicó Sergio.

—¿En serio?

—Sí, ¿recuerdas algo más? ¿Cualquier detalle? —volvió a preguntar.

—No, lo siguiente que recuerdo es que abrí los ojos en una ambulancia… Entiendo que si preguntas eso es porque no se ha encontrado el coche que me atropelló, ¿cierto?

—Así es —respondió mi amigo.

Álex se quedó pensativo y no volvió a pronunciar ni una sola palabra hasta que nos quedamos solos en la habitación.

—No es lo que crees —aseguró Álex con la mirada clavada en mis ojos.

—¿De qué hablas?

—De la chica que abrió la puerta.

—¿Te refieres a tu exmujer? La cual estaba en tu apartamento, despeinada y con una camiseta tuya —indiqué con tono hostil.

—No sé cómo estaba porque yo no pasé la noche allí.

—Claro… —solté con sarcasmo.

—Dormí en casa de Nando y Úrsula —añadió Álex con expresión triste.

—¿Por qué dormiste en la casa de tu amigo y por qué tu exmujer estaba en tu apartamento?

—Nando y yo estábamos en mi apartamento viendo el partido de fútbol cuando llamaron al portero, era Fabiola. Me dijo que me había llamado al móvil pero no contestaba, comencé a buscarlo y al no encontrarlo supuse que lo había dejado en tu piso. Me contó que habían detenido a su marido y que antes de la detención él le pidió que se escondiera fuera del país porque era peligroso para ella, así que decidió ir a Argentina con su hermana, pero hasta la mañana siguiente no había vuelos, por lo que pensó que sería buena idea pasar la noche en mi piso. No podía dejarla en la calle en esas circunstancias… De modo que me fui con Nando a su casa y ella se quedó en mi piso —explicó con suma tristeza.

Sus palabras sonaron sinceras, además no sería tan ingenuo de involucrar a Úrsula en una mentira, ya que ella me diría la verdad.

—¿En qué anda metido su marido? —quise averiguar.

—Lo detuvieron por un delito de estafa y blanqueo de capitales; parece ser que blanqueaba dinero para gente peligrosa y, al quedarse sin el dinero de estos, los problemas se verían aumentados...

—Entiendo.

—Hubo algunos testigos del atropello que dijeron que se habían fijado en ti porque parecías alterada —indicó con pesar.

—Lo estaba... Pero me aseguré de que el semáforo estuviera en rojo para los vehículos.

—Sí, confirmaron que el semáforo estaba cerrado para los vehículos, incluso que otros peatones también estaban cruzando.

—¿Hubo algún herido más? —pregunté.

—No.

—¿Han dado algún detalle del coche?

—Turismo blanco; la mayoría coincidían en que se trataba de un Seat Ibiza, por lo que complica bastante la búsqueda, ya que es uno de los coches más comunes en España.

Tras dos semanas en el hospital, recibí el alta y por fin volví a casa. Álex me volvió a demostrar lo mucho que le importaba a través de su preocupación, sus cuidados, sus detalles conmigo... Cada día que pasaba me sentía más agradecida de tenerlo a mi lado, de haber dado el paso de comenzar una relación con él... Pero al mismo tiempo sentía miedo de llegar a depender emocionalmente de él.

41

ALEJANDRO

Organicé una escapada de fin de semana con Dani, llevaba un tiempo dándole vueltas a la idea de pedirle matrimonio y decidí que sería en esa escapada. Hablé con Úrsula y con Sergio para pedirles opinión al respecto. Úrsula me animó a hacerlo después de dejar escapar un gritito de felicidad; Sergio, en cambio, me advirtió de que no me hiciera ilusiones, puesto que era muy probable que Dani no estuviera preparada para volver a contraer matrimonio e incluso insinuó que no le parecía buena idea que se comprometiese con alguien después de la situación que había vivido.

Tras meditarlo en soledad, llegué a la conclusión de que yo estaba seguro de lo que sentía por ella y de lo que ella sentía por mí, por lo que estaba decidido a lanzarme sin miedo a la respuesta.

Le dije a Dani que preparase un bolso con ropa para pasar el fin de semana fuera, ya que teníamos reserva en un hotel del complejo turístico Novo Sancti Petri y una visita programada en unas bodegas en Jerez de la Frontera. Me satisfizo comprobar en su expresión la ilusión que le despertó oír el plan.

Salimos temprano dirección a Chiclana de la Frontera, en Cádiz. Una vez estacioné el coche y bajamos del mismo, observé cómo Dani miraba en dirección al mar con tristeza.

—¿Todo bien, cariño? —me interesé de inmediato.

—Sí —respondió evitando mirarme.

—¿Te parece bien que dejemos el equipaje en el hotel y demos un paseo antes de registrarnos?

—Me parece fantástico —aceptó.

Y así lo hicimos. Tomamos un café en la terraza del hotel y salimos a dar un paseo. Caminábamos uno junto al otro, agarrados de la mano. Dani desprendía tristeza, pero se esforzaba por disimular.

—Aquí hay un castillo que se puede visitar. ¿Lo sabías? — pregunté a Dani.

—Sí, en una pequeña isla ubicada frente al pueblo —respondió con nostalgia, al menos fue la impresión que me dio.

—¿Lo conoces?

—Sí.

—¿Habías estado antes aquí? —pregunté curioso.

Ella asintió y a continuación dijo:

—Las últimas vacaciones con mis padres las pasé aquí, en un apartahotel cercano a nuestro alojamiento.

En ese momento comprendí el motivo de su tristeza desde que bajamos del coche y me sentí fatal por haberla llevado allí.

—Lo siento, Dani —me disculpé.

—No te preocupes. Me apetecía volver a este lugar y hacerlo contigo lo hace más liviano.

Sus palabras me hicieron sentir mejor e intentando distraerla comenté:

—He contratado una visita al castillo para mañana, ¿te apetece?

—¡Claro! —Sonrió al mismo tiempo que me apretaba la mano—. Se dice que un oráculo avisó a los fenicios de que debían levantar un templo al dios Hércules en el islote —explicó.

—¿Te refieres al Castillo de Sancti Petri?

—Sí, parece ser que durante el dominio visigodo el templo desapareció y durante el imperio árabe sus ruinas fueron derribadas con el objeto de encontrar los tesoros que supuestamente escondía. Posteriormente se construyó una torre atalaya para el avistamiento de barcos pirata. Y más tarde se incorporaron las murallas y el resto de la construcción —detalló.

—No tenía ni idea de la historia del templo. ¿Cómo sabes eso?

—Me lo contó mi madre. Ella nació y creció en San Fernando y, según decía, desde pequeña se interesó por la historia de la fortificación. —Su mirada se tornó triste.

—¿Estás bien? —me preocupé por ella.

—¡Estupendamente! —exclamó con una sonrisa prefabricada.

No volví a preguntar, puesto que interpreté por su respuesta que no le apetecía hablar de ese pensamiento que le entristeció la mirada.

Continuamos paseando y tras un tiempo en silencio, contemplando el horizonte dijo:

—En esta playa aprendí a nadar.

—¿Qué playa es esta?

—Playa de la Barrosa, pertenece a Chiclana de la Frontera.

—¿Venías de pequeña aquí?

—Sí. Mis abuelos vivían en Chiclana y los visitábamos con frecuencia.

—Entonces se puede decir que aquí nació tu afición por la natación. ¿No es así?

—Correcto —respondió con una sonrisa auténtica.

42

Después de un agradable paseo por la playa, regresamos al hotel para registrarnos y posteriormente subimos a nuestra habitación. Al entrar, me dirigí a la terraza para comprobar las vistas desde allí y me alegró ver el mar y la piscina. Álex me acompañó enseguida y, dándome un abrazo, preguntó:

—¿Qué piensas?

—En mi madre.

—Eso es maravilloso y entiendo que pensar en ella te haga entristecer...

—Mi madre decía que una persona que respeta los silencios de otra es alguien que merece la pena... Y tú me has demostrado que vales la pena por diferentes razones.

Álex sonrió e iba a decir algo, pero lo interrumpió el sonido de su teléfono móvil, miró extrañado la pantalla y respondió de inmediato. Al finalizar la llamada, se guardó el móvil en el bolsillo de su pantalón y dijo:

—Es de recepción, parece ser que no han escaneado mi DNI y lo necesitan. Bajo un momento y vuelvo enseguida, ¿vale, cariño?

—De acuerdo. Aquí te espero.

Álex salió de la habitación al tiempo que yo abría mi maleta y, a los pocos segundos, llamaron a la puerta. Me acerqué riendo y exclamé, alzando la voz para que me escuchase:

—¡No me digas que has olvidado el DNI!

Abrí la puerta y recibí un empujón que me hizo caer al suelo. Me incorporé un poco y miré atónita a la persona que cerró la puerta tras de sí. Mi mente no paraba de dar vueltas pensando qué hacer o qué decir; estaba totalmente bloqueada. ¿Por qué me empujó con tal violencia? Él no dejaba de mirarme en silencio hasta que ordenó:

—Enséñame las manos.

No moví ni un solo músculo de mi cuerpo; me limité a observarlo en silencio, intentando adivinar qué pretendía, hasta que di un sobresalto cuando gritó:

—¡Que me enseñes las jodidas manos!

Asustada por su comportamiento, le enseñé las manos y comenzó a reír de manera sarcástica, y con tono burlón espetó:

—¿Qué pasa? ¿Se ha arrepentido en el último momento y ha decidido que no quiere casarse contigo? ¿O eres tú quien lo ha rechazado?

¿Casarse conmigo? ¿Acaso Álex quería casarse conmigo? Me asaltaban todo tipo de pensamientos.

Más enfadado por mi silencio, me agarró del pelo y me arrastró hasta la terraza. Me cogió con fuerza del brazo y seguidamente me levantó, acercándose de manera intimidatoria a mí.

—Si yo no puedo ser feliz, tú tampoco lo serás —expresó con tal seguridad que me dio un escalofrío.

—¿Por qué dices eso? ¿Por qué no puedes ser feliz? ¿Qué te pasa? —pregunté, presa del pánico y la confusión.

—Tú fuiste la responsable de que Isa me dejara. Por tu culpa no seré feliz.

—¿Por mi culpa? ¿Qué culpa tengo yo de que te dejase? Además, me dijiste que habíais roto la relación de mutuo acuerdo.

—Te mentí. Me dejó ella porque sentía celos de ti. Pensaba que yo estaba enamorado de ti y no quiso escucharme. Tú rompiste mi felicidad y yo romperé la tuya —gritó, lleno de ira.

—¿Cómo tienes pensado hacerlo? —pregunté atropelladamente.

—Acabando lo que empezó Gael... Eres más difícil que él... Tendrías que haber visto cómo sus ojos reflejaban el miedo mientras lo ahogaba. —Rio de un modo que asustaba—. Tú, en cambio, te aferras a la vida como nadie... Era realmente difícil sobrevivir a semejante golpe contra el asfalto, pero tú... tú vuelves a recuperarte. Aunque tu racha de buena suerte ya ha terminado.

—¿Qué dices? ¡Estás loco!

—¿Estoy loco? ¿Eso crees? ¡¿Con todo lo que he hecho por ti?! —bramó—. Te estás construyendo una vida feliz cuando yo perdí mi felicidad por tu culpa —volvió a gritar, apuntándome con el dedo—. Perdí al amor de mi vida por ti y me lo pagas dándome de lado para formar una familia con ese imbécil... No, eso no está bien. Los amigos siempre están ahí, no se abandonan.

—Tranquilízate, por favor. Vamos a hablar —supliqué entre llantos.

—Ya no hay nada que hablar. Mira la parte buena, Dani. Volverás a ver a tu familia.

Sin pensarlo, le di un empujón y corrí al interior de la habitación, con la mala suerte de que me agarró de la camiseta, provocando que volviese al suelo. Se subió a horcajadas sobre mí y dijo:

—Adiós, Dani.

—¡Sergio, joder! ¡Que eres mi mejor amigo! —grité desesperada.

Él sonrió y colocó sus manos alrededor de mi cuello, apretando con fuerza. Le arañé la cara y recordé algo que me enseñó mi hermano. Metí mis manos entre sus brazos y tiré con toda mi fuerza para separar sus dedos y así dejar libres mis vías respiratorias. La distancia que logré separarlos fue mínima, pero lo suficiente para recuperar el aliento, resultado que aproveché para contraatacar dándole un codazo en la cara. Me dio un cabezazo que me dejó aturdida y, como pude, le pegué un rodillazo en su entrepierna, consiguiendo liberarme de él. Intenté escapar, pero me fue imposible porque me agarró del tobillo. Le propiné una patada en el estómago con la pierna que tenía libre y él se valió de mi acción para tirar de la pierna que me agarraba, haciéndome caer de nuevo. Me levantó del suelo echándome sobre su hombro. Yo pateaba y le daba golpes en la espalda sin parar. Sergio se dirigió a la terraza y anunció:

—Espero que no tengas vértigo, aunque tardarás poco en llegar abajo.

Justo cuando iba a cruzar el umbral del ventanal, me agarré con una fuerza que no era mía, dado que me iba la vida en ello. Conseguí que se frenase, a pesar de que tiraba de mí con violencia. Se escuchó un ruido en la puerta y grité. Sergio continuaba tirando con ímpetu de mis piernas para que me soltase y yo no dejaba de moverlas con el objetivo de quedar libre.

Se oían golpes en la puerta con la clara intención de echarla abajo. Durante el forcejeo, a Sergio se le escapó una de mis piernas y, por accidente, pero por fortuna, le di una patada en la cabeza.

Su ira aumentó, me soltó con agresividad y se giró hacia mí, llevándose una mano a la cabeza. Yo me coloqué frente a él y se escuchó el estruendo de tirar la puerta de la habitación. Sergio se distrajo mirando hacia el lugar de donde provenía el sonido. Sin pensarlo, le empujé contra la barandilla de la terraza con la intención de escapar en dirección a mi chico.

Escuché a Álex gritar mi nombre al mismo tiempo que cedía la balaustrada, provocando que Sergio se precipitase a la zona ajardinada que había cinco plantas más abajo. Mi reacción fue ir hacia él para sujetarlo, pero Álex me agarró del brazo y tiró de mí justo cuando me acerqué al borde.

—¿Qué ha pasado? —preguntó Álex confundido, abrazándome con fuerza—. ¿Estás bien? —Asentí, intentando asimilar lo que había sucedido, mientras él se asomaba al lugar donde antes se encontraba la barandilla—. ¿Quién es? ¿Gael? —preguntó con la respiración agitada.

—No… —Negué con la cabeza, rompiendo a llorar—. Es Sergio.

—¿Sergio? —preguntó atónito, llevándome al interior de la habitación.

—Tengo que bajar para atenderlo. Llama a una ambulancia, por favor —masculló nerviosa, mientras observaba la puerta tirada en el suelo de la habitación, con lágrimas en los ojos.

Dirigí la vista hacia la terraza y me quedé mirando el lugar por el que había caído mi mejor amigo. La persona en la que más confiaba quería matarme… ¿Cómo era posible?

—Cariño, tranquila. Estás herida. Vamos al vestíbulo, no quiero que te quedes sola; yo comprobaré cómo está Sergio y llamaré a la ambulancia —me acarició con sumo cuidado en la mejilla, al tiempo que tecleaba en su teléfono antes de dirigirnos al pasillo—. Ve con cuidado —advirtió al mismo tiempo que me agarraba por la cintura y me guiaba con suma delicadeza.

No fui consciente del tiempo que transcurrió hasta que Álex volvió. Regresó acompañado por los técnicos de emergencias; la empleada del hotel que me acompañaba se alejó para dejarles espacio y, tras revisarme, determinaron que tendrían que llevarme al hospital para asegurarse de que no había fracturas y cerrarme una de las heridas con puntos de sutura.

Quedé ingresada durante cuarenta y ocho horas en el hospital en el que me atendieron. Álex no se apartó de mi lado; de no ser por él, me hubiera hundido en lo más profundo. Pero me mostró cariño, apoyo y comprensión sin límites.

La policía me visitó en el hospital para interrogarme respecto a lo sucedido. Nos comentaron que habían revisado los vídeos de seguridad. Pudieron ver que momentos antes de que Álex saliera de la habitación, se encontraba Sergio en el pasillo de la planta superior con una chica a la que habían interrogado. Según su testimonio, Sergio le pidió el favor de llamar por teléfono a un amigo para gastarle una broma. Debía hacerse pasar por una empleada del hotel y comunicar a la persona que contestase que tenía que acudir a recepción por un problema en la digitalización de su DNI. Los agentes encargados del caso habían verificado esa llamada y el número de teléfono al que llamó era, como cabía esperar, el de Álex.

También comprobaron que, tras llamar a la puerta de mi habitación, esta se abrió y Sergio empujó a la persona que había en el interior.

En ese momento conocí la noticia de que Sergio había fallecido. Rompí a llorar, totalmente desconsolada. Mi mejor amigo, la persona que siempre estuvo a mi lado, quien siempre me ayudó, el amigo que nunca me dejó caer... había muerto y yo era la responsable de ello.

Álex no entendía por qué me sentía responsable de la muerte de Sergio, y entonces se sentó a mi lado, me agarró una mano y, mirándome a los ojos, manifestó:

—Cariño, comprendo que era tu mejor amigo, que lo querías y te duele su pérdida. Pero no olvides que te atacó; mira cómo te ha dejado —indicó, señalando mis heridas— y su intención era acabar con tu vida. Tú solo lo empujaste con la intención de escapar, con la mala suerte de que la balaustrada cedió. Pero entre tú y él, debes elegirte a ti, especialmente después de demostrarte quién era realmente.

Me quedé en silencio, no podía hablar, tan solo apreté su mano y le mostré una sonrisa forzada.

Cuando recibí el alta hospitalaria, regresamos a nuestra ciudad. Álex se quedó conmigo, recibí la visita de Úrsula y Nando, y tras marcharse, Álex y yo nos fuimos a la cama.

—¿Estás bien, cariño? —se interesó Álex al mismo tiempo que se tumbaba a mi lado.

—Sí. Estoy bien. No te preocupes —mentí, mostrando una falsa sonrisa.

—Ya, claro… No tenía ninguna duda —contestó de manera sarcástica.

—¿De veras tenías la intención de pedirme matrimonio?

—Sí, ¿por qué te extraña?

—Nunca hubiera imaginado que deseases casarte de nuevo.

—¡Sorpresa! —exclamó divertido, haciendo movimientos con las manos.

—Y tanto…

—¿Qué hubieras respondido? —se mostró interesado.

—No lo sé.

—¿No? —preguntó alzando una ceja y negué con la cabeza.

Se levantó de la cama y salió de la habitación dejándome completamente intrigada. Volvió escasos segundos después con una sonrisa traviesa, realmente encantadora. Rodeó la cama y se arrodilló a mi lado mostrándome un anillo.

—Dani, eres el amor de mi vida y, si tú también lo deseas, me gustaría ser tu marido. ¿Quieres casarte conmigo?

El silencio inundó la habitación de un modo que hizo incómoda la situación. Álex se levantó y, dirigiéndose al baño, masculló:

—Tu silencio ha respondido por ti.

—¿Por qué quieres casarte conmigo? ¿Porque es lo que toca? —reproché.

—No, para nada —respondió girándose hacia mí—. ¿Piensas que ese es el motivo?

—No lo sé, por eso te pregunto.

—Está bien… —regresó a mi lado y, sentándose, dijo—: Dani, eres la persona más especial que conozco. Te admiro muchísimo en lo profesional y en lo personal, tienes una fortaleza que no he conocido en nadie más. Te enfrentas a tus miedos sin ningún tipo de reparo. Las circunstancias por las que has pasado han conseguido que seas más desconfiada, distante, seria… Pero tu esencia sigue en tu interior y yo he tenido la gran suerte de volver a verla. Estoy enamorado de ti. Te amo con toda mi alma, haría lo que sea por ti… Me encanta verte despertar, que lo último que vea antes de dormir sea tu rostro, desayunar contigo mientras mantenemos una conversación trivial o, en el punto opuesto, intentamos orientar la defensa o la acusación de un caso dando un sorbo al café… Disfruto al máximo las noches de peli contigo, echada en mi pecho, así como escucharte cantar cuando estás contenta... Me has devuelto las ganas de compartir mi vida con alguien y ese alguien eres tú, solo quiero compartir mi vida contigo. Y si no quieres casarte, no me importa, pero al menos piensa en la opción de vivir juntos. Quiero dar un paso adelante en nuestra relación. Ya no tenemos edad de estar pelando la pava, ¿no crees?

—Lo que creo es que nosotros hacemos algo más que pelar la pava... —expresé nerviosa.

—¿Qué me dices?

—¿De qué? —pregunté, fingiendo que no sabía a lo que se refería.

—De vivir juntos.

—¿Cuándo te mudas? —Sonreí de manera auténtica.

Álex sonrió mostrándose feliz, me besó, me abrazó y dijo:

—Gracias, Dani. No sabes lo importante que es para mí que aceptes avanzar en nuestra relación. Te quiero, nunca lo olvides.

—Yo también te quiero, Álex. No puedes imaginar cuánto...

43

Dos días después, Álex estaba instalado en mi piso y por fin se percibía como un hogar. Puede sonar raro, pero disfruté de la mudanza, dado que esa mudanza significaba tener a la persona que quería a mi lado. Ambos lo vimos como un tipo de compromiso y, lejos de asustarnos, nos entusiasmaba.

Álex comenzó a ir diariamente a la piscina para nadar durante una hora. La primera semana no decía nada en referencia a cómo le había ido, pero a partir de la segunda semana empezó a lanzar mensajes subliminales, en los que me indicaba lo tranquila que estaba la piscina a la hora que él iba, lo bien que se sentía al terminar de nadar, cuánto lo ayudaba a dormir mejor... Hasta que en la tercera semana me invitó a acompañarle; de inmediato, me negué.

—Ni siquiera lo has pensado —se quejó, y tenía razón, no me paré a pensar—. Nadar te apasionaba, te encantaba ir a la piscina cada día, ¿por qué no lo intentas? Yo estaré contigo. El único miedo que debes tener es que te meta mano bajo el agua —bromeó.

No pude evitar reír por su insinuación y pensé. Pensé en cómo me sentía cuando nadaba; no solo lo hacía para competir, nadaba porque me gustaba, me sentía bien nadando, me evadía del mundo, me centraba en mí y en la técnica que realizase en ese momento.

A la mañana siguiente, mientras Álex preparaba café, me acerqué a él por su espalda y, al mismo tiempo que rodeaba su cuerpo con mis brazos, le pregunté:

—¿Hoy tienes pensado ir a nadar?

Miró hacia atrás buscándome con la mirada y asintió sonriente.

—Iré esta tarde, ¿te apuntas? —sugirió.

—No estoy segura, avísame cuando vayas de camino y ya decido.

Se giró para abrazarme, se apartó un poco, me miró a los ojos y me besó.

Unas horas más tarde, Álex apareció en mi despacho.

—¡Hola! ¿Habíamos quedado? —me sorprendió.

—No, he venido por… —se veía intranquilo.

—¿Por? —pregunté ansiosa.

—Dani, he recibido una llamada de la policía —logró decir.

—¿Qué pasa?

—Se trata de Gael.

Un remolino de emociones recorrió mi cuerpo dejándome la boca seca. Intenté tragar saliva, pero me era imposible, así que agarré mi botella de agua para darle un trago ante la atenta mirada de mi chico.

—¿Qué sucede con él? —pregunté.

—Han encontrado su cuerpo.

—¿Dónde?

—En un pantano.

—Era cierto… —manifesté, pensando en lo que dijo Sergio.

—¿El qué era cierto?

—Verás… No sé cómo explicártelo. —Hice una pausa, tragué saliva e intenté ordenar la información de manera que se comprendiese—. Cuando Sergio… —Se formó un nudo en mi garganta—. Uf, qué difícil me resulta hablar de aquello…

—Tranquila, tómalo con calma, no hay prisa.

—Según lo que Sergio me dijo, entendí que asesinó a Gael ahogándolo y… que fue él quien me atropelló.

—¿Cómo? ¿Sergio te atropelló?

—Sí, eso entendí.

—¿Qué fue lo que dijo exactamente?

Tras explicarle lo que Sergio escupió, invadido por la ira, Álex cambió su expresión; se tornó triste. Me agarró las manos y, mirándome a los ojos, preguntó:

—¿Cómo te encuentras?

—Aún no lo sé. Al tener la certeza de lo sucedido con Gael… puede sonar mal, pero realmente me siento aliviada —suspiré—. No le deseo la muerte a nadie, pero la suya me da la tranquilidad que llevo años sin tener.

Álex me abrazó fuerte y sentí que en ese momento podía empezar, sin miedo alguno, a vivir sin mirar atrás.

—¿Sabes? Me apetece ir a nadar —indiqué con seguridad.

—¿En serio? —preguntó sorprendido y sonriente—. Pues vamos, hoy será el día en el que comiences a retomar aquello que te gusta.

Me sentí ligera, y no solo porque mi cuerpo flotase en el agua, sino porque, con la muerte de Gael, desaparecieron mis fantasmas; volví a sentir la libertad que no recordaba. Desde aquel día han pasado siete meses, siete meses en los que no he vuelto a tener pesadillas en las que me ahogo en el mar o me desangro en un frío suelo.

Álex y yo decidimos mudarnos; no nos sentíamos cómodos viviendo en el lugar en el que sufrí el ataque de mi exmarido, el lugar en el que él me encontró en medio de un charco de sangre… Después de visitar muchos inmuebles, decidimos comprar una casa en la misma urbanización en la que vivían Úrsula y Nando.

Cada día, antes de ir al despacho, voy a la piscina en compañía de mi chico y he vuelto a sentir la misma calma que años atrás sentía mientras nadaba, evadiéndome de todo a mi alrededor.

Al fin siento que he encontrado mi lugar, tengo la suerte de contar con buenos amigos, comparto mi vida con una persona excepcional que me demuestra cada día cuánto me ama, me respeta, me comprende… Me proporciona libertad y seguridad, algo muy importante en una relación. Su familia me hace sentir como un miembro más y, en fechas especiales, me encuentro tan arropada por ellos que la tristeza baila con otras emociones que antes eran desconocidas para mí.

He conseguido comprender que la muerte forma parte de la vida, pero las personas a las que amas nunca se marchan totalmente, porque permanecen por siempre en tu corazón y en tus recuerdos. Nunca me recuperaré de la pérdida de mi familia, pero Álex ha sido fundamental en el proceso terapéutico que necesitaba llevar a cabo para asimilar, para aliviar el dolor emocional y el vacío que sentía.

Ahora puedo decir que me siento libre en todos los sentidos.

FIN

Esta es una obra de ficción. Los nombres, personajes y sucesos mencionados son producto de la imaginación de la autora, o bien se usan en el marco de la ficción. Cualquier parecido con personas reales o acontecimientos es pura coincidencia.